TU NE ME DIS JAMAIS
QUE JE SUIS BELLE

Gilles Archambault

TU NE ME DIS JAMAIS QUE JE SUIS BELLE

et autres nouvelles

Boréal

Les Éditions du Boréal sont inscrites au Programme
de subvention globale du Conseil des Arts du Canada.

Conception graphique : Gianni Caccia
Illustration de la couverture :
James Wilson Morrice
Tête de jeune fille sur fond de feuillage (détail)
vers 1896, huile sur toile, 32,1 x 22,2 cm
Collection du Musée des beaux-arts de Montréal

© Les Éditions du Boréal
Dépôt légal : 2ᵉ trimestre 1994

Diffusion au Canada : Dimedia
Distribution en Europe : Les Éditions du Seuil

Données de catalogage avant publication (Canada)
Archambault, Gilles, 1933-
    Tu ne me dis jamais que je suis belle et autres nouvelles
    ISBN 2-89052-614-3
    I. Titre.
PS8501.R35T86   1994   C843'.54   C94-940402-0
PS9501.R35T86   1994
PQ3919.2.A72T86   1994

LE PÈRE, LE FILS

Il ne s'était jamais réveillé
de l'émerveillement d'avoir un fils.

José Cabanis

Au début, il ne s'en rendait pas tellement compte, mais l'avenir pour lui avait cessé d'avoir la moindre importance. Il n'y songeait tout simplement plus. Le passé grugeait ses jours d'une manière qui lui convenait. Il n'envisageait pas pour autant les années enfuies à la façon d'un paradis perdu. Seul comptait le vertige de ce qui a été et ne sera plus.

Dans le petit cottage de banlieue où il se tapissait depuis la mort de sa femme, il n'était ni heureux ni malheureux. Il lui survivait, telle était l'horreur de la situation. S'efforcer de ne songer à rien avec trop de précision, c'était son unique salut.

En le quittant, Henriette avait libéré en lui les forces du rêve. Quelques jours avant sa mort, elle lui avait chuchoté à l'oreille qu'elle n'avait jamais souhaité vivre avec un autre homme que lui. « À cause de toi, Maurice, j'ai moins souffert. » Il lui arrivait de pleurer en pensant à elle. Deux ans s'étaient écoulés depuis ce jour de janvier où, en compagnie de son fils, il l'avait conduite au cimetière. Elle était disparue, mais la quiétude quasi totale dans laquelle il vivait désormais lui laissait une place à ses côtés.

De ce fait il n'était jamais tout à fait seul. Qu'il demeurât silencieux pendant des journées entières ne changeait rien à l'affaire. Parfois, à l'écoute d'une sonate de Scarlatti jouée par Horowitz, il lui semblait entendre un commentaire d'Henriette. Sa voix était toujours présente en lui. Pour ne pas trop souffrir de son absence, il n'avait conservé d'elle que peu de souvenirs, quelques bibelots, deux ou trois bijoux.

Le mois précédent, il avait pris congé du journal qui l'employait depuis le début des années soixante. On avait paru étonné de sa décision puisqu'il lui restait à peine quatre ans à patienter avant d'atteindre l'âge convenu de la retraite. L'étonnement de ses supérieurs avait fait long feu. Le rédacteur en chef s'était souvenu de l'urgence qui lui était faite de réduire les frais d'exploitation de la rédaction.

Maurice avait ressenti une certaine volupté à se placer lui-même sur une voie de garage. Le processus du désengagement avait été amorcé avant même la maladie d'Henriette. Le déroulement du monde lui semblait de plus en plus étranger. Les jeunes collègues écrivaient d'une manière qui lui paraissait abrupte, se complaisaient dans la vulgarité, n'avaient rien lu et avaient surtout le tort de lui rappeler une jeunesse qu'il n'avait plus. Se retirer de la course tandis qu'il en était encore temps, avoir la lucidité d'accepter sa décrépitude inéluctable, c'était le seul horizon qu'il pouvait entrevoir désormais.

La chambre à coucher qu'il avait partagée avec Henriette pendant près de trente ans n'était plus imprégnée de son parfum. Il avait imaginé d'en changer le mobilier, mais il ne donna pas suite à son désir.

Il avait la chance d'avoir un fils. Même si les présences d'Alain étaient de plus en plus brèves et espacées, Maurice les tenait pour l'unique rempart dont il disposait contre une trop noire mélancolie. Parfois, lorsque Henriette s'estompait un peu dans son souvenir à la suite de sa trop grande nonchalance, la mémoire devant toujours être cultivée avec obstination, il appelait de toutes ses forces la visite de ce jeune homme taciturne. Il était rarement exaucé.

Alain arrivait toujours sans prévenir. Depuis plusieurs mois, il considérait la maison de son père comme un point de chute commode. Il donnait l'impression d'y abandonner quelques objets, disques ou livres de préférence, à seule fin d'en être privé pour quelque temps. Il s'installait à demeure pendant une journée ou deux dans la chambre qu'il avait occupée enfant, puis disparaissait sans avertissement. Maurice, qui aurait souhaité que son fils fût plus communicatif, ne lui parlait de rien. Alain aurait-il agi avec plus d'arrogance qu'il n'aurait même pas protesté. D'entendre le pas de son fils, de deviner qu'il se déplaçait dans la maison, qu'il ouvrait la porte du frigo, voilà qui valait mieux qu'une solitude pas toujours bienvenue.

Le fils vivait au diapason du père. Sauvage comme lui, discret, effacé, imprévisible. Il ne compléterait probablement jamais les études de sociologie qu'il avait entreprises et vivait de peu. Les soucis d'une quelconque carrière ne seraient sans doute jamais son affaire. À vingt-deux ans, il ne cherchait nullement à se faire une niche quelque part. Combien de cours abandonnés déjà, combien de projets mis en branle dans l'enthousiasme et vite devenus inintéressants. L'inquiétude du père à ce propos ne durait jamais. Il savait trop que lorsqu'on envisage la vie dans toute sa gravité, les considérations de réussite sociale vous paraissent à coup sûr vaines.

C'est peu s'avancer que de dire qu'il aimait son fils. Par lui, et par lui seul, il se rattachait à un présent de plus en plus évanescent.

Un jour, Henriette était venue bien près de lui avouer que l'enfant n'était pas de lui. Dans un de ses mouvements de colère qui la rendaient parfois si cruelle, elle avait voulu l'anéantir. Plutôt que de prêter l'oreille, ou de se fâcher à son tour, il avait préféré la fuite. Comme s'il ne savait pas qu'Henriette avait eu une courte liaison au début de leur mariage. Il était si distrait alors, si occupé à réfléchir à des livres qu'il n'écrirait jamais, qu'il ne s'était pas tout de suite aperçu que sa femme vivait une passion qui l'excluait.

Il croyait maintenant que si cette incartade lui avait laissé Alain, il était vraiment sorti gagnant de l'aventure.

Alain était apparu vers dix heures, trop légèrement vêtu pour la saison. La neige tombait dru depuis des heures et son blouson paraissait bien mince. Maurice se retint de lui en faire la remarque, tout risquant de l'indisposer.

— J'aurais dû téléphoner, excuse-moi.

Il venait à peine de franchir le seuil, un sac de toile à la main. Il rapportait des disques qu'il avait empruntés lors d'une visite précédente et des vêtements de rechange qu'il mettrait bientôt dans le lave-linge.

— Aucune importance. Je m'embêtais.

— Tu as pourtant pas mal de livres à lire.

— C'est vrai. Mais je me contente de les feuilleter. C'est long, un roman. J'aime bien fureter, ouvrir un livre un peu au hasard, lire quelques pages.

Il parle trop, s'en rend compte. Avec Alain, ne jamais insister.

— Je peux prendre un café ?

Alain ne lui paraît pas en grande forme. Inutile de poser des questions, d'essayer de percer le mystère, le fils se raidirait. Surtout ne pas l'effaroucher.

Le café à peine bu, le fils annonce qu'il est épuisé et se retire dans sa chambre.

La nuit a été mauvaise. Maurice a mal dormi. Il n'est pas allé au lit avant quatre heures. Jusqu'à la fin il a espéré qu'Alain le rejoigne au séjour où il n'avait pas cessé de remplacer les disques dans le lecteur laser, croyant ainsi provoquer la curiosité de son fils. Les deux hommes avaient en commun un intérêt pour le jazz. Alain jouait même du saxophone alto. La porte de la chambre ne s'était pas ouverte. Quelques bruits discrets prouvaient pourtant qu'Alain ne s'était mis au lit qu'à une heure fort avancée.

Maurice se sentait d'humeur étrange. Comme il se sentait jadis lorsqu'il lui arrivait de boire avec des amis. Ce n'était certes pas la canette de bière qu'il avait décapsulée vers minuit qui pouvait être la cause de sa migraine. Son fils avait déguerpi au petit matin. Sans laisser un mot. D'habitude, quand il filait à l'improviste, il tentait de justifier la raison de son départ précipité. L'explication était rarement convaincante, Maurice s'en contentait. Mieux que personne, il savait qu'on ne peut retenir les autres contre leur gré. Il affectait tout simplement de ne s'apercevoir de rien.

Sur la moquette, les boîtiers reposaient pêle-mêle. Un album d'art égyptien était ouvert, que Maurice ne se souvenait même plus d'avoir consulté. À terre, le tome sept des œuvres de Tchekhov dans l'édition des Éditeurs français réunis, dont il avait bien lu quelques pages avant de s'endormir sur le sofa.

Il écarta les lames du store pour constater que la neige n'avait pas cessé de tomber. Avec lenteur et régularité. Une vingtaine de centimètres, dirait-on plus tard à la radio. Il eut une pensée fugitive pour Alain, dont les bottillons en mauvais cuir lui paraissaient une bien piètre protection contre le froid.

Il lui semblait que ces derniers mois, Alain s'enfermait de plus en plus dans un mutisme qui l'excluait. Il aurait pourtant suffi qu'il le rejoigne au salon pour reprendre confiance. Il ne pouvait plus se le cacher, son fils connaissait des moments difficiles. Une femme était peut-être entrée dans sa vie. Un père et un fils se confient rarement des choses importantes. Une gêne persistera toujours entre eux. Tant mieux s'ils ne s'opposent pas.

Quand ils écoutaient de la musique ensemble, Alain pouvait demeurer des heures sans parler. Le jazz qui cimentait leur complicité faisait lentement son œuvre. Il suffisait souvent d'un solo de saxophone pour que le mutisme d'Alain disparaisse. La conversation s'engageait. Comme s'ils avaient été des amis. Maurice n'était pas dupe. Il savait trop bien que jamais un fils ne devient l'ami de son père. Entre eux le mystère serait toujours présent. Il ne voulait pas mettre en péril la fragilité des liens qui les unissaient.

Au mieux leurs conversations étaient faites d'échanges sans conséquence. Alain ne se retenait pas toujours d'être moqueur. Maurice n'aimait rien tant que d'être victime de son ironie. Il en était sûr, c'était pour son fils une façon de manifester sa tendresse.

Il arrivait souvent à Maurice d'acheter un disque qu'il n'aimait que modérément afin de le faire entendre à son fils. La lueur qu'il percevait dans les yeux d'Alain à l'occasion d'un achat heureusement planifié était pour lui une récompense inouïe.

La communication entre les deux hommes ne devenait émouvante que lorsque la musique la provoquait. Il n'oublierait jamais la beauté d'un sourire qu'avait eu Alain, un soir de l'été précédent où ils écoutaient avec une étrange ferveur une envolée lyrique de Ben Webster. Le père s'était alors dit qu'il était amoureux de son fils. Alain n'avait fait aucun effort pour prendre la relève d'Henriette dans le cœur de son père. Dans sa solitude, au cours de ces journées où il ne voyait personne, et heureux de cet isolement, Maurice avait tout loisir de songer à la place qu'Alain occupait dans sa vie. « Je l'aime pour deux », se répétait-il, dans un trait d'ironie dont il était la cible. Henriette ne faisait plus écran à son sentiment. Il était le père et la mère d'un enfant distrait. Pourtant, quelques minutes plus tard, quand il revoyait le visage de sa femme, la détresse venait.

Le jour du départ d'Alain, Maurice fut incapable de rester à la maison. La solitude ne lui était plus tolérable. Les rues de son quartier, dans leur effroyable blancheur, semblaient autant de labyrinthes. Il se sentait oppressé comme si l'annonce du malheur était imminente. On lui apprendrait par exemple le suicide de son fils. Alain ne se supprimerait jamais, il en était sûr, préférant comme son père une lente agonie, mais sait-on jamais ?

Il marcha toute la journée. Le centre-ville qu'il avait négligé depuis des mois lui parut inchangé.

15

On avait détruit quelques immeubles, on en avait reconstruit d'autres. Une tour d'habitation prendrait bientôt la place d'un hôtel vétuste. Parfois des souvenirs précis lui venaient. C'était à ce bar trop sombre qu'il avait rencontré Henriette pour la première fois, dans ce restaurant maintenant minable qu'il avait déjeuné en compagnie d'une jeune journaliste avec qui il avait fini par avoir une liaison. Bien des années s'étaient envolées depuis. La journaliste, qui n'était plus jeune, avait ouvert une galerie d'art. On voyait parfois sa photo dans les journaux. Encore jolie, cette Pascale qui dans l'amour poussait des gloussements prolongés et bruyants.

Maurice avait pu vivre des mois sans se soucier de savoir où était situé l'appartement qu'Alain partageait avec un copain dans un quartier populaire de l'Est de Montréal. D'où venait qu'il s'en préoccupait tout à coup ? Peut-être était-ce à cause des quelques clochards qu'il croisa sur sa route. Il avait horreur de leur regard. Montréal lui paraissait une ville particulièrement laide, proche de l'abandon. Il déambulait dans des rues bordées d'entrepôts désaffectés et d'immeubles en ruine. Les enseignes au néon n'avaient pour fonction que de donner vie à la hideur du décor.

« Je ne sais même pas où habite mon fils, le seul être au monde qui m'importe. » Pour connaître son adresse, il n'aurait eu qu'à la lui demander, mais il lui semblait qu'Alain n'avait pas le goût de partager ce secret-là. « J'ai eu cette impression, mais je n'ai rien tenté. Est-ce que je l'aime autant que je me l'imagine ? » Il aurait pu lui rendre visite à la librairie où il travaillait trois jours par semaine. Il savait très bien qu'il n'en ferait rien. La discrétion, toujours.

Pour se protéger du froid, il entra chez un disquaire. Cette occupation lui rappelait des moments heureux de sa vie. Pendant deux ans ou à peu près, Alain l'accompagnait dans ses pèlerinages hebdomadaires à la recherche d'un microsillon. Les disques qui peu d'années auparavant avaient fait sa joie presque exclusive ne lui procuraient ce jour-là qu'une vaste impression d'ennui.

Dans un restaurant où il s'était réfugié pour prendre un mauvais café, il évita de justesse un ancien confrère. S'occupant de politique internationale, trop gentil, bavard à l'excès, il lui aurait certes démontré une fois de plus les dangers des changements technologiques. Ennemi juré de l'ordinateur, il avait fait de cette préoccupation son unique sujet de conversation.

Maurice avait déguerpi du restaurant en laissant un pourboire disproportionné. Le prix de la liberté n'est jamais excessif. Il avait quand même eu le temps de lire dans le *New York Times* l'annonce de la mort de Zoot Sims. Cette nouvelle l'avait bouleversé. Combien de fois n'avait-il pas écouté ses disques avec Alain ? Un de leurs rêves communs était de se rendre à New York pour y entendre le saxophoniste. Un musicien aimé mourait, dont il ignorait qu'il fût atteint d'un cancer. Tout s'effondrait. Il n'y aurait probablement jamais de voyage ensemble à New York. Ils ne verraient pas l'emplacement de l'hôtel Alvin où était mort Lester Young. Ils ne parcourraient pas la 52e Rue où se trouvaient jadis tant de boîtes de jazz.

Vers la fin de la soirée, complètement désemparé, Maurice téléphona à Pascale. La voix plutôt rauque qui l'accueillit ne le rebuta pas. Que restait-il de la jeune personne qui l'avait amusé vingt ans auparavant ? Il l'apprit rapidement, puisqu'elle l'invita à venir prendre un verre chez elle.

Il ne se montra pas étonné de sa coiffure excentrique et des propos qu'elle lui tint sur la peinture post-moderne. Comment put-il supporter tant de vacuité prétentieuse ? Non seulement il ne songea pas à partir, mais il rit de bon cœur, lui, le solitaire, entièrement sous le charme d'une femme qu'il aurait facilement ignorée quelques mois auparavant.

Il s'imagina bientôt pouvoir renouer avec la vie. Le souvenir d'Henriette s'estompait. Pascale finit par s'installer chez lui et par le convaincre qu'il n'était vraiment pas indispensable qu'Alain conserve une chambre dont il ne se servait pour ainsi dire plus.

ON A TIRÉ LE STORE

Les enfants viennent de rentrer pour la colla-
tion. Il les entend crier de joie. Leur mère les fait
taire. Petit à petit le ton monte. Comment empêcher des enfants de vivre ? Surtout Hélène qui a
huit ans et qui s'enthousiasme pour un rien. Sauf
pour les leçons de piano qu'elle abhorre. C'est
justement de cela qu'elle parle avec ses copines.
Elle est la plus belle, la plus vive. Il est trop lucide
pour s'imaginer que la paternité l'aveugle. Pourvu
qu'elle ne lie pas sa destinée à celle d'un homme
médiocre qui l'éteigne doucement. Dans la chambre
obscure, un homme agonise en pensant à une
compagne jadis exubérante.

TU NE ME DIS JAMAIS
QUE JE SUIS BELLE

— Tu ne me dis jamais que je suis belle, lança-t-elle en se regardant dans la glace.

Si Marc avait eu un tant soit peu l'esprit de repartie, il aurait répliqué à Céline que cette phrase se plaçait mal dans la plupart des conversations qu'ils avaient eues ces derniers temps. Les querelles succédaient aux bouderies à une cadence régulière. Contrairement aux autres femmes avec qui il avait vécu toutefois, elle ne partait pas. Menacer de mettre les voiles, c'était son habitude. Faire ses valises, jamais. Il fallait même tout un prétexte pour qu'elle consente à le laisser seul un soir. La haine semblait pour elle un lien plus solide que l'amour.

Marc n'était pas très vif. Il le savait. Quant à la beauté de sa compagne, elle lui semblait tellement évidente qu'il ne lui paraissait pas judicieux d'en faire mention. On s'habitue à voir la beauté rôder autour de soi. Certes, il remarquait bien la fermeté de ses cuisses quand elle se déshabillait avant de se mettre au lit ou encore le velouté atta-chant de ses yeux. Mais le lui rappeler ? C'eût été en quelque sorte un pléonasme. Tout juste si, avant l'amour, il avait un mot gentil pour ses seins, dont le galbe était parfait. Elle le regardait alors avec un air de reconnaissance, comme si elle s'attendait à ce qu'il la louange sur une autre partie de son ana-tomie, son nez, par exemple, que d'autres avaient trouvé si sensuel. Mais il se taisait rapidement, affairé à la caresser, pour parvenir le plus rapide-ment possible à ce qu'ils attendent tous, ainsi qu'elle le répétait à ses amies.

— Pourquoi ne me dis-tu jamais que je suis belle ? insista-t-elle.

— Je ne sais pas, fit-il, comme s'il sortait d'un rêve.

Ce n'était pas la réponse qu'elle attendait, déjà prête à fondre sur lui, toutes griffes dehors.

— Si tu ne le sais pas, je vais te l'apprendre. C'est que tu es trop préoccupé par ta petite per-sonne pour me voir. Je suis devant toi, je marche dans l'appartement, je range des magazines ou je me brosse les cheveux, est-ce que je sais ? Mais tu ne me vois pas. Tu es ailleurs.

Il accusa le coup. Pour se donner une conte-nance et lui prouver qu'il l'écoutait bien un peu, il se dirigea vers le frigo, prit une bière, la décapsula puis en versa le contenu dans deux verres. Une tentative de rapprochement, estimait-il. Elle le toisa d'un air méprisant. On ne l'achetait pas avec une bière. Il la trouva tout à coup franchement laide.

— Tu n'as pas soif ? Il fait chaud pourtant.

— Ce que je veux, c'est que tu me dises que je suis belle.

— Tu sais bien que tu es pour moi la plus belle fille du monde. Je te l'ai dit mille fois. Et chouette à part ça. Je ne regarde plus les autres femmes. Faut me voir dans la rue, un aveugle. Mais si seulement tu cessais de me les casser avec tes colères idiotes.

Il regretta aussitôt son agressivité. Dans le rituel de leur couple, c'était elle qui prenait toujours l'initiative des attaques. Elle avait d'ailleurs développé depuis un an que durait leur relation une technique à toute épreuve. Comme il n'était pas le premier homme avec qui elle vivait, aucune ruse ne lui était étrangère.

— Parce que je n'aurais pas le droit de me mettre en colère maintenant ! Elle est bonne, celle-là. Mais regarde-toi. Tu es moche, mon pauvre petit vieux. Et tu sais très bien pourquoi tu ne me dis jamais que je suis belle. Tu veux que je te le rappelle ? C'est parce que tu es laid.

Elle était hors d'elle-même et n'avait plus cette moue qu'elle adoptait lorsque son hostilité n'était que calculée, soutenue par un désir un peu feint de faire mal. Pour la première fois, il l'aurait juré, elle était réellement en furie. Elle mit un certain temps avant de se rendre compte que les yeux qui étaient posés sur elle à ce moment-là étaient superbes d'émotion. Marc était subjugué.

— Excuse-moi, je n'ai pas le droit...

Elle voulut s'approcher de Marc qui regardait maintenant le parquet, mais trébucha sur un coussin, faillit tomber. Elle crut qu'il rirait de sa maladresse. En pareilles circonstances, il se marrait. Un rien le faisait rire. Pourquoi soudainement n'avait-il pas le goût de s'amuser ?

Il se tenait à l'extrémité du sofa de mauvaise qualité que lui avait abandonné Marie, celle qui avait précédé Céline dans sa vie. À moins que ce ne fût Suzanne, il ne s'en souvenait plus très bien. Elles partaient toutes au bout d'un certain temps, lui donnant l'impression d'accéder soudainement à la liberté. L'abandonné, c'était lui, mais un étrange abandonné, rieur, insouciant. On resterait bons amis, prétendaient-elles. Les premières semaines, ils se revoyaient, puis ils se rendaient compte que les sujets de conversation étaient rares. Il y avait aussi de nouvelles relations qui naissaient de part et d'autre. Les hommes qui prenaient le relais étaient toujours jaloux. Marc, qui n'acceptait jamais très longtemps la solitude, finissait par rencontrer une fille qui se tenait pour disponible. Le sofa ? Évidemment, c'était Martine qui le lui avait donné. Un bien piètre cadeau, d'une couleur délavée tirant sur le vert, à moins que ce ne soit sur le bleu, en imitation de cuir, avec des coutures qui cédaient une à une. Qu'était-il advenu de cette Martine qui ne portait que des jeans ?

— Tu as raison de me trouver laid, fit-il. Je sais que je suis laid. Il est bon que tu me le rappelles.

— Je ne voulais pas te faire de la peine. Tu m'as mise en colère, je ne savais plus ce que je disais, c'est tout.

Il se retint de lui dire que c'était à cause d'elle qu'il en était arrivé à se comporter comme un homme qui n'a pas peur de se regarder dans une glace. Qu'une femme aussi attrayante que Céline consente à coucher sous son toit lui faisait oublier parfois cette vérité fondamentale : la laideur offensante de ses traits. Et pas seulement plus belle, plus intelligente que lui assurément. Plus à l'aise en société aussi, trouvant toujours les mots qu'il fallait au moment souhaité. Le bafouilleur, celui qui ne savait jamais que faire de son corps, c'était lui. Il ne se regardait jamais dans un miroir parce qu'il détestait l'image qui lui était renvoyée. Il avait un tel culte de la beauté, sa beauté à elle par-dessus tout, qu'il ne pouvait en faire un sujet de conversation.

— Je vais aller me promener. Pas longtemps, juste une heure.

— Tu veux que je t'accompagne ?

— Merci. Ce soir, j'aimerais bien être seul.

La voix de Marc était plus douce qu'à l'accoutumée. Si elle avait été attentive, Céline aurait été alertée par un ton de résignation tout à fait inédit.

— Ne rentre pas trop tard. Tu te lèves tôt demain.

Cette remarque lui rappela les conseils que sa mère ne manquait jamais de lui prodiguer. Il n'en fut pas agacé toutefois. Il regarda Céline en souriant.

— Tu es belle.

Une auto renversa Marc à quelques mètres de chez lui. L'automobiliste prétendit qu'il avait traversé lentement la rue à un feu rouge. Comme s'il avait voulu provoquer le destin. Pour une fois, ce fut Marc qui abandonna une de ses compagnes. Céline fut inconsolable. Un homme, peut-être, lui dit maintenant qu'elle est belle.

JUSTE UN AUTRE COGNAC

Il se lève, se dirige vers la commode. Elle se dit que s'il se verse une autre ration de cognac, elle partira. Il pense à leur fille qui n'a pas donné de ses nouvelles depuis des mois. Les voisins du dessous ont allumé leur téléviseur. Le cognac remplit le ballon à ras bord. Elle n'a pas bougé et s'essuie les yeux.

APRÈS-MIDI D'HIVER

Nous avons tellement l'habitude de vivre dans l'horreur que nous ne remarquons pas l'emprise du temps qui passe. Bientôt la silhouette qui se dessinera dans une glace que nous n'aurons pu éviter sera celle d'un vieillard.

Par cet après-midi de décembre, Montréal semblait figée dans une torpeur provinciale. Même les jeunes gens n'avaient plus tout à fait l'insolence que donne l'ingénuité. J'étais entré dans un café à peu près désert. À peine quelques tables étaient occupées. Aucune jeune femme qui mérite qu'on la remarque. J'ai toujours le réflexe de repérer la beauté même si je m'en juge depuis longtemps indigne.

Je parcourais du bout des yeux un article interminable sur la guerre d'Espagne quand la serveuse, à qui j'avais pourtant réglé l'addition, revint vers moi le sourire aux lèvres.

— Vous ne vous souvenez pas de moi ? fit-elle.

Je la regardais avec étonnement. Peut-être ma presbytie était-elle en faute, mais je ne voyais pas où j'avais pu croiser cette jeune femme aux pommettes proéminentes.

— Non, de toute évidence, vous ne vous souvenez pas de moi ! s'empressa-t-elle de commenter en esquissant une moue qui me rappela soudainement le geste précis d'une autre femme.

— Je ne sais vraiment pas. Mais si, attendez.

— Je suis Sylvie, la fille d'Annette.

Si je m'en souvenais ! Je l'avais vue la première fois au pavillon de la France à l'Exposition universelle de 1967. Elle portait la Pléiade de Valery Larbaud sous le bras. Pour cette raison seule, j'avais osé l'aborder. Elle ne m'avait pas repoussé. Elle non plus n'avait pas l'habitude de rencontrer des hommes qui connaissaient par cœur quelques-uns des poèmes de A. O. Barnabooth, le riche amateur.

Cette complicité littéraire spontanée devait marquer pour moi le début d'une amitié qui résulta en une liaison au bout d'un mois. Elle n'était pas tout à fait libre, je voulais le rester. Ajoutez à cela qu'Annette avait une nature changeante. Pour justifier les plus improbables de ses attitudes, elle chantonnait *La donna è mobile*, elle qui détestait pourtant l'opéra. Je devais alors comprendre que souvent femme varie et que j'étais bien fol de me fier à celle qui se faisait un enchantement de ses virevoltes. Annette ! Que de souvenirs, la plupart agréables. Si je me suis ennuyé dans la vie, ce ne fut jamais à cause d'elle.

— Sylvie, mais oui. Il faut me comprendre, tu devais avoir huit ans la dernière fois que je t'ai vue. Toi, tu n'as pas tellement de mérite. Tout juste si je suis un peu plus chauve.

— J'avais huit ans, j'en ai vingt-huit. Le Jardin botanique, ça vous dit quelque chose ?

— Bien sûr, on y allait souvent le dimanche. Surtout quand ta mère avait l'âme champêtre. Autrement, c'était le cinéma. N'importe quel film, avec une préférence pour les films d'avant-guerre. Pour elle, le cinéma commençait en 1929 et se terminait dix ans plus tard. Elle va toujours au cinéma ?

— C'est qu'elle est morte.

— Annette est morte ?

— L'an dernier.

Je ne m'étais pas fait prier pour accepter l'invitation de Sylvie. Elle habitait rue Laval. Je ne peux pas voir ce nom sur une plaque sans songer à Nelligan. Sylvie ne semblait pas émue outre mesure par ce détail de l'histoire littéraire québécoise, mais je me sentais bien en sa compagnie. Un peu comme si Annette elle-même était réapparue. Après m'avoir offert une bière, elle s'était excusée. Elle ne pouvait vivre plus longtemps avec la jupe et le chemisier qu'on l'obligeait à porter au travail. Elle ne supportait surtout pas leur couleur, un vert jade qui l'énervait.

Lorsqu'elle revint cinq minutes plus tard, ayant revêtu un T-shirt et un jean, elle me parut plus petite. Pas très habile au jeu des ressemblances, il est vrai, j'aurais juré qu'elle était le sosie exact de sa mère.

— Vous n'aimez pas la bière ?

— Je n'ai rien contre. Pourquoi ?

— C'est que vous n'avez rien bu.

— Je n'y ai même pas pensé. Je furetais, tout simplement. Un tout petit peu. Sans me lever, bien sûr. Ça ne t'embête pas ?

— Non, pourquoi ?

— Ta mère est venue souvent ici ?

— Je comprends, c'est ici qu'elle habitait. Tous les meubles, c'est elle qui les a achetés. Vous ne reconnaissez rien ? Il est vrai qu'elle avait meublé l'appartement à neuf il y a quatre ou cinq ans. Ce bahut, là-bas, vous l'avez déjà vu ?

— Peut-être.

— Je me suis installée avec elle les derniers mois. Elle ne pouvait plus vivre seule. À sa mort, j'ai décidé de rester. C'était plus simple, plus économique.

Annette était morte d'un cancer du sein. Je la revois, se regardant la poitrine de profil dans une glace. Elle déplorait ses seins en forme de poire, détail qui n'avait d'importance que pour elle. Pour cette raison même, je m'efforçais de caresser ses mamelons avec plus de chaleur. Je n'aimais pas qu'elle fût déprimée et faisais tout pour qu'elle ne fût pas malheureuse. Ses descentes dans la mélancolie étaient désastreuses. Dans ces moments-là, elle doutait de tout et surtout d'elle-même. Rien ne me plaisait autant que de réussir à l'égayer.

— Je peux te demander si elle s'est bien débrouillée après notre séparation ?

— Vous savez bien comment elle était. Incapable de se fixer pour bien longtemps, quittant les meilleurs emplois pour un oui ou pour un non. Au bout d'un certain temps, le travail lui a fait défaut. Elle était un peu connue dans le milieu de l'édition, mais on savait qu'elle partirait en coup de vent au moment le plus inopportun. Elle s'est butée à des portes closes. Elle a même donné des cours de littérature française dans une boîte privée. Ça n'a pas tellement marché. Elle trouvait que les jeunes étaient incultes. Elle le leur disait, parfois brutalement. Évidemment, sa situation est vite devenue intenable. Elle rentrait ici en furie. C'est alors qu'un médecin lui a appris que...

Je ne quitte pas Sylvie des yeux. Depuis quelques minutes, je crois entendre sa mère. Je sais maintenant que les deux femmes ne se ressemblent pas tellement. Autant Annette était une asperge,

33

autant sa fille fait penser au même légume, la tige en moins. Comme son père, un Bulgare dont Annette conservait la photo bien en vue sur sa table de chevet, même s'il l'avait abandonnée à la naissance de Sylvie. C'était sa façon de jouer à l'affranchie. J'en riais. De son père, Sylvie avait hérité des lèvres charnues, des yeux presque bridés et des joues dont les pommettes ne passaient pas inaperçues.

— Elle parlait parfois de moi ?

— Je me souviens qu'elle a pleuré, les premiers temps. S'il était question de vous dans le journal, elle lisait tout. Elle disait : « Luc doit être heureux de cette critique » ou elle se mettait à rire en imaginant votre colère devant le succès d'un écrivain que vous n'aimiez pas. Un mois avant de mourir, elle a pensé à vous écrire, mais elle ne voulait pas vous donner l'impression d'insister. Elle se trouvait laide et n'aurait pas supporté que vous la voyiez dans cet état. Bien sûr, elle s'imaginait tout cela. Elle était plus belle que jamais.

— Ta mère était très belle.

Elle se rapproche de moi, me touche l'épaule. Le geste est esquissé avec la même attention qu'Annette y aurait apportée. La différence, c'est que j'ai plus de cinquante ans, que je n'ai plus le goût de rien, sauf celui d'écouter une toute jeune femme me parler d'un certain passé. Pour moi, elle n'est pas tout à fait une femme, mais la fille d'une femme avec qui j'aurais pu être heureux. Je m'entends lui proposer un dîner. Elle remet à plus tard son acceptation. Je comprends, je comprends tout. Je me retrouve bientôt à la rue. Les passants, transis par le froid, ont l'air particulièrement sinistres. Je voudrais être ailleurs, mais les paradis ensoleillés n'existent pas pour moi.

Hier, au restaurant, Sylvie m'a remis une photo de sa mère. Annette est en maillot deux pièces et semble ravie de dévoiler un peu de ses seins. Pour une fois, elle aurait oublié qu'elle ne prisait pas leur forme. J'ai pour elle une tendre pensée. Une photo en noir et blanc. Comme les films qu'elle préférait. Ainsi donc, j'ai une photo d'Annette qui surplombe l'étagère sur laquelle j'ai rangé les livres que je relis sans cesse. Je n'aurais pas détesté prendre possession de la Pléiade de Larbaud, mais Sylvie a porté tous les livres de sa mère chez un soldeur. Elle m'explique en riant que rien ne l'embête autant que de lire. Elle préfère la musique, qui n'est pas d'un genre qui me plaît.

Je me demande ce qu'elle pense de moi. Elle n'a pas cessé de parler tout au long du repas. Cette fille est à l'aise partout. Je dois lui sembler bien étrange avec mes obsessions. Peut-être même pense-t-elle que je suis plus tordu que sa mère.

— Vous vivez vraiment seul ? me demande-t-elle.

— Depuis sept ans, je suis strictement seul.

— Vous ne vous ennuyez jamais ?

Je pose sur elle un regard étonné. Comme si je n'avais pas compris sa question. Insidieusement, je dis :

— Elle a connu beaucoup d'autres hommes après moi ?

Elle éclate de rire, puis :

— Les hommes, tous pareils. Ça ne m'empêchera pas de répondre. En vous apprenant que je n'en sais rien. Elle recevait parfois des types à la maison, mais jamais pour longtemps. Elle disait que je lui suffisais. Je n'ai jamais cru que c'était tout à fait vrai, mais je faisais semblant. Toutes les deux, nous faisions semblant. C'était avant sa maladie. Après, elle est devenue très irascible. Même avec moi.

J'avais remarqué que Sylvie picorait dans son assiette. Peut-être avais-je choisi un restaurant qui ne lui convenait pas. Annette dévorait tout. Les jeunes gens, il est vrai, s'occupent maintenant de leur santé. C'est du moins ce que s'imagine l'homme en dehors du coup que je suis.

— Je vous remercie de m'avoir invitée.

— Pas de quoi. Je ne t'ai pas trop ennuyée ?

— Non. Pourquoi ?

— Mes lubies... ta mère... ce que je suis.

Pendant des années, on ne se préoccupe pas d'une femme. On croit l'avoir reléguée au plus profond de sa mémoire, puis elle s'impose à vous. Pour Annette, du moins, il est trop tard. Je me remets à songer à la possibilité d'une nouvelle vie à deux. J'aurais rencontré Sylvie au même restaurant, elle m'aurait reconnu et m'aurait parlé d'une Annette toujours vivante. J'aurais revu la gentille fille qui ne lisait peut-être plus Larbaud et j'aurais réussi à me faire pardonner. On fuit un jour, mais l'on revient. Elle n'aurait pas trouvé la faute impardonnable. Nos querelles désormais auraient été brèves, et touchantes nos réconciliations.

Vivre à deux, même avec Annette, est un enfer. Mais comment désigner l'enfer de la solitude pour un être dans mon genre ? J'aurais bien aimé apprendre de Sylvie que sa mère n'a pas connu cette désespérance-là. Mais elle n'est pas de ces personnes marquées par l'angoisse. Ce trait aussi la distingue d'Annette. J'espère tout de même qu'elle acceptera encore quelques rendez-vous à dîner. Après, je rejoindrai Annette. Je n'ai plus de livres à écrire.

CRAIGNAIT-IL LA MORT ?

Sa veuve souriait. Des gens lui tendaient la main ou l'embrassaient d'un air contrit. Vous l'avez bien connu, avait-elle affirmé. Je le tenais pour mon meilleur ami. Mes yeux étaient humides. Vous l'aimiez donc beaucoup ! avait-elle ajouté en se tournant vers un autre visiteur. Plus que vous ne l'avez aimé, avais-je été tenté de lui répondre. C'est elle qui l'avait tué. Comment venger mon ami ? Que pouvais-je contre une veuve qui souriait et souriait ?

LE MOMENT VENU

Vient un moment où l'on s'aperçoit sans l'ombre d'un doute qu'on est vieux. On croit s'être préparé à l'évidence, on a vu ses cheveux devenir gris, on a ri des courbatures qui vous réveillent au petit matin.

Avant cette journée de décembre, Roland Assad ne s'était pas inquiété d'être parvenu au milieu de sa cinquantaine. Sans être ce que l'on nomme de façon idiote un « homme à femmes », il pouvait se dire qu'il avait eu autant d'aventures sentimentales qu'il en avait souhaité. Les femmes n'étaient pas indifférentes à ses reparties. Il était drôle, vif, et la culture un peu superficielle qu'il avait glanée dans les livres et l'air du temps ne faisait que pigmenter sa conversation. En affaires comme en amour, aucun échec flagrant, peu de blessures qui aient duré plus d'une semaine. Un seul mariage, vite expédié, des liaisons en nombre raisonnable qui débutaient dans la passion et se résolvaient dans l'habitude.

Deux fois par année, Roland revoyait sa fille. C'est par elle qu'il apprit qu'il entrait résolument dans un nouvel âge de la vie.

Odile venait d'avoir dix-neuf ans. Il ne l'avait connue que dans sa cinquième année. Pour échapper à sa mère qui ne cessait de le harasser, il s'était réfugié à Bangkok. C'est dans cette ville lointaine qu'il pratiqua pendant près de quatre ans le métier de courtier en exportation. Alors qu'il commençait à gagner beaucoup d'argent, qu'il s'appliquait à apprendre quelques mots de thaï et qu'il écopait d'une blennorragie bénigne, sa femme lui apprit au téléphone qu'elle venait d'accoucher. Solange parlait même de « leur » enfant. Il était si peu intéressé par une éventuelle paternité qu'il feignit de ne plus se souvenir des appréhensions qu'elle lui avait exprimées peu de temps avant son départ. Selon toute évidence, il savait. Mais lui, père ? Il ne l'admettait pas.

Pour le narguer, Solange lui avait envoyé une photo d'Odile. Elle avait inscrit au stylo-bille une dédicace vengeresse : « À mon lâche de père ! » Agacé, Roland avait déchiré le cliché. Pendant trois ans, tant bien que mal, il oublia l'affaire. Les soucis de tous ordres ne manquaient pas et Solange ne se manifestait plus.

Il avait fallu qu'il revienne à Montréal pour souhaiter faire la connaissance de sa fille. Après une si longue absence, les amis se faisaient plus rares. Certaines de ses copines s'étaient rangées, mariées ou non, d'autres ne l'intéressaient tout simplement plus. C'était comme si pendant toutes ces années il avait vécu sur une autre planète. Ses amis d'hier parlaient un langage codé qu'il ne voulait pas apprendre. Il songea à s'établir à Milan, cédant aux sollicitations d'une dessinatrice de mode américaine qu'il avait rencontrée lors d'une foire commerciale, mais il se ravisa au dernier moment. Un soir qu'il prenait un verre au Ritz en compagnie d'une ancienne compagne qui ne cessait de le bassiner avec le récit des hauts faits de sa vie intime, insistant sur le bébé qu'elle avait perdu en couches, il se mit à penser à sa fille.

Solange ne fut pas facile à convaincre. Il dut admettre ses torts, s'humilier presque. Il les aperçut toutes les deux sur le trottoir qui menait au restaurant où devait se dérouler le rendez-vous. Solange avait épaissi et donnait la main à une petite fille aux cheveux blonds. Les yeux de la femme étaient toujours aussi brillants. Odile avait murmuré : « Bonjour, Monsieur » en lui tendant une main moite. Il revoyait souvent la scène ridicule et touchante du premier tête-à-tête avec l'enfant. Sa petite robe à frisons. Les âneries qu'il s'était cru obligé de prononcer. Il n'avait pas l'habitude de ce genre de conversations. Il avait eu beau faire le clown, Odile avait à peine souri. À la fin toutefois il avait l'impression qu'il avait réussi à l'amadouer. Solange avait blagué : « Je ne savais pas que les enfants t'intéressaient si fort. » Quand ils s'étaient quittés, ce jour-là, Solange avait accepté qu'il l'embrasse sur les joues et Odile ne vit aucune objection à l'appeler Roland. C'était un début prometteur.

Depuis cet après-midi de mai, il n'avait pas cessé de faire une place de plus en plus grande dans sa vie à cette fille qu'il avait tardé à reconnaître. Le jour de l'anniversaire d'Odile, à Noël et au moindre prétexte, il lui offrait des cadeaux somptueux. Solange ne semblait plus lui en vouloir même si elle affirmait ne rien attendre des hommes désormais. Odile était devenue une jeune femme superbe. Elle avait un corps éblouissant. Depuis sa seizième année, elle vivait dans un appartement délabré non loin de l'Université de Montréal. Roland estimait qu'elle était un peu jeune pour vivre seule. En vérité, il admettait qu'elle était une proie qu'il aurait poursuivie si elle n'avait pas été sa fille. Solange lui rappela que cette décision ne le concernait pas. Il en convint aisément.

— Roland, je suis enceinte.

Il n'était pas sûr d'avoir bien compris. Le restaurant où Odile lui avait donné rendez-vous était bruyant. À l'approche de Noël, on se permettait quelques accrocs aux belles manières. À une table voisine, des comédiens parlaient à voix haute comme si la pièce qu'ils venaient de jouer n'était pas encore terminée. L'un d'entre eux, un grand roux barbu d'une laideur fascinante, reluquait Odile avec insistance. Roland ne savait pas s'il devait lui demander de regarder ailleurs ou se contenter de la fierté qu'il ressentait d'avoir une fille si belle. Savait-elle le pouvoir de séduction qu'elle avait lorsqu'elle posait son auriculaire entre ses lèvres ? « Elle le sait quand elle s'adresse à un homme, se disait Roland, devant moi ce n'est qu'un automatisme. »

— Je te dis que je suis enceinte.

— Bon, fit-il, trop surpris pour réagir.

— Tu n'as rien d'autre à dire ?

À cinquante-cinq ans, il savait qu'on ne s'habitue jamais à rien. Cette nouvelle lui parvenait à un moment de sa vie où il croyait s'être un peu assagi. Germaine n'avait à ses yeux qu'une partie du charme des femmes avec qui il avait vécu auparavant. Elle n'était surtout pas très amène, presque acariâtre, rapidement irritée. Il ne vivait à ses côtés que parce qu'il n'avait plus le goût de refaire sa vie. C'était du moins ce qu'il se disait dans les moments difficiles. À d'autres, elle lui procurait une certaine qualité de paix. Il lui arrivait d'inviter au restaurant une vague connaissance pour vérifier s'il avait toujours le don de plaire. Il choisissait alors les endroits

45

les plus huppés, commandait les vins les plus rares à seule fin de voir s'il pouvait encore vivre. Depuis un an ou deux, toutefois, il décelait dans le regard des femmes une absence de ferveur. La soirée écoulée, il revenait à Germaine, soulagé au fond d'avoir échappé à une aventure qui lui aurait pesé.

— Je ne pense pas que je vais le garder.

— Ton enfant ?

— Je me ferai avorter.

— Ce n'est pas si simple.

Roland se retint d'ajouter qu'il était même un peu inquiet. Odile ne l'aurait pas supporté. Elle s'emportait facilement. Comme sa mère. Ou Germaine. *Le père que j'ai été ne s'est pas gêné pour fuir à Bangkok. Le corps d'une femme ne m'a pas empêché de partir. Ai-je le droit de m'émouvoir pour celui-ci ?*

— Je connais un médecin sérieux.

— Tu as vraiment réfléchi ?

— Plutôt, oui. De toute façon, c'est mon corps. Les enfants, ça ne m'intéresse pas. Pour l'instant en tout cas. Un avortement, ça coûte cher. Je peux compter sur toi ?

— Évidemment. Mais tu es sûre que... ?

— Je ne suis sûre que d'une chose, c'est qu'on a déposé dans mon ventre un germe que je ne veux pas voir se développer. Roland, je t'en prie, ne fais pas de manières, ce n'est pas le moment.

Les comédiens quittaient le restaurant dans le

tumulte. Odile versa quelques larmes que Roland aurait bien voulu essuyer. Il n'osa pas.

Lorsqu'il rentra, ce soir-là, Germaine était d'humeur massacrante. Elle avait attendu des livreurs toute la journée. En vain. Elle n'avait que cette contrariété en tête, maudissant le grand magasin où elle avait déniché un tapis persan. C'était, affirmait-elle, le rêve de sa vie. Elle avait pris une journée de congé à l'agence pour le plaisir de pouvoir contempler à loisir l'objet de sa convoitise, et ces imbéciles ne s'étaient pas présentés. Roland tenta de l'apaiser. Elle recevrait son tapis le lendemain. Elle lui répliqua sèchement qu'elle le voulait tout de suite. Elle annulerait l'achat, aviserait la direction du magasin de l'incurie du vendeur. Il ne servirait à rien de lui parler d'Odile. Elle ne l'écouterait pas.

— C'est tout ce que tu as à dire ? lui cria-t-elle d'un air méchant.

— Je suis désolé pour toi, ma pauvre chérie. Tu ne devrais pas t'énerver ainsi. Ça ne donne rien.

— Avec toi, il ne faut jamais s'énerver. Même si tes affaires ne vont pas bien...

— Mes affaires ne vont pas bien ?

— Pas aussi bien qu'il y a six ou sept ans en tout cas. Je n'ai pas ton âge, moi, je n'ai que trente-neuf ans. Je n'accepte pas d'être résignée. Quand je veux quelque chose, je le veux. Tu ne peux plus le comprendre. Tu as renoncé à te battre. Sais-tu encore ce que c'est que de désirer quelque chose ?

Il ne sut que sourire. Germaine était sérieuse en toutes circonstances. Elle le toisa d'un air de mépris. Il répliqua qu'ayant fait plusieurs fois le tour du monde, ayant vécu en Thaïlande, en Grèce et en Suisse, il avait bien le droit de se reposer.

— J'ai aussi mes petits problèmes, commença-t-il.

— Lesquels ? Des femmes qui te relancent ? Qui en veulent à ton argent ? Qui estiment que tu es très riche ?

— Tu as deviné juste. J'ai vu Odile, cet après-midi.

— Comment est-elle ?

— Elle veut se faire avorter. Ma petite fille veut se faire avorter.

— C'est son droit après tout. Qu'est-ce que sa mère en dit ?

— Aucune idée.

— Les jeunes n'ont plus de scrupules. Je les approuve.

— Tu as raison. C'est son droit.

Prétextant une migraine, Roland se retira tôt. Germaine en était déjà à son troisième verre de rhum. Une nouvelle habitude, boire en solitaire. Lorsqu'elle viendrait le retrouver vers minuit, elle serait grise. Elle ronflerait fort et parlerait dans son sommeil.

Pour l'instant, il regardait sans les voir la suite ininterrompue des autos qui circulaient sur le boulevard. Où donc allaient tous ces gens ? Savaient-ils au moins leur destination ? La vie apparaît comme impossible dès qu'un problème important se présente. Pour Germaine, le tapis persan était si préoccupant qu'elle en oubliait de vivre. Son souci, à lui, c'était Odile. La fille dont il avait accueilli la venue au monde avec tant d'indifférence était devenue sa seule obsession. Celle qui venait de lui avouer froidement qu'elle refusait toute maternité l'occupait tout entier. Il avait senti qu'elle se détachait de lui. La rencontre de l'après-midi dans ce bistrot de deuxième ordre n'était que l'aboutissement d'un long processus d'abandon. Elle le laissait tomber comme il avait laissé tomber sa mère. Il ne l'intéressait plus. Tout juste était-il bon à régler la note du médecin. Solange aussi avait cessé de compter pour lui au bout d'un certain temps. Sans raisons apparentes. Il avait voulu passer à quelqu'un d'autre. Tout simplement. Après l'avortement, Odile continuerait sa vie. Comme son père, elle connaîtrait de l'amour les consolations, les espoirs, les déceptions, les temps morts ou exaltants. Et la vie s'écoulerait, inutile, cruelle. Comme lui, elle ne serait plus jeune. *Et que faisais-tu, Roland Assad, à Bangkok ? L'exotisme a bon dos. C'est à Montréal qu'il aurait fallu être. C'est là, et là seul, auprès de ton enfant, que le bonheur aurait été possible pendant quelque temps. C'est la fin, mon pauvre vieil homme.*

Ne pouvant plus vivre avec ses démons, Roland retrouva Germaine au salon. Il fut tout étonné de constater qu'elle ne buvait pas. Elle lisait un roman à la mode. Il s'approcha d'elle, lui caressa les cheveux. Elle le regarda en souriant. Il lui en fut très reconnaissant.

L'HOMME QUI LUI RESSEMBLE

Comment se fait-il qu'il ne trouve plus aucun plaisir à être chez lui ? La musique, il ne l'écoute plus guère. Les livres qui tapissent les murs de la salle de séjour, pourquoi les ouvrir ? Puisque de toute manière il n'est plus jamais seul. Constamment accompagné par un homme plus jeune qui lui ressemble et dont la mémoire est infaillible et l'enthousiasme délirant. Il revoit sans arrêt son passé. Dans un an, dans deux, il en sera de même. Jusqu'au moment où son sosie l'abandonnera.

NAISSANCES

Il aurait pu aisément savoir quel âge avait sa mère le jour où elle lui avait donné naissance. Il suffisait d'ouvrir une petite boîte de métal orange, cette petite boîte où elle avait rangé tout au long de sa vie ses polices d'assurance, son contrat de mariage, ses actes notariés. Mais il n'en ferait rien. Rentré tard du bureau à cause d'un rendez-vous raté avec un ancien ami, il jouissait du plaisir de ne penser à rien. Sa femme était retenue à Toronto par une tempête de neige. Marie ne l'agaçait presque jamais, pourtant il avait besoin d'être seul. Pourquoi avait-il bu si rapidement la bouteille de bordeaux rouge qui accompagnait habituellement au moins deux de ses repas ? Il ne se posait même pas la question. Une chose était certaine, il se sentait très lourd. Cela ne l'empêchait pas de porter à sa bouche des portions généreuses de ce pâté de foie aux amandes qu'il avait dédaigné la veille.

Sa mère ! Elle était morte depuis deux ans. Il lui arrivait de songer à elle à la suite d'un geste insignifiant qu'elle avait eu un jour, un bouton qui menaçait de céder ou une odeur de cuisson. Quand il entendait le nom de Verchères, par exemple, des images lointaines lui revenaient. C'était encore l'époque où il la vénérait. Porté sur la psychanalyse, il aurait échafaudé des théories œdipiennes complexes, mais la psychanalyse l'ennuyait tout autant que la plupart de ses souvenirs d'enfance. Plus il avait grandi, plus il avait préféré son père à la femme qu'il lui avait donnée pour mère. Mais d'où venait que ce soir-là il n'avait pas de souci plus pressant que de savoir pourquoi ses parents avaient décidé de le mettre au monde ? Pourquoi procréer ? Puisqu'ils se détestaient férocement, puisqu'ils n'avaient jamais cherché à dissimuler le mépris qu'ils ressentaient l'un pour l'autre ?

Il devait être dix heures lorsqu'on frappa à la porte. S'étant assoupi devant le téléviseur allumé, il sursauta. Jamais depuis les cinq ans qu'il habitait cet appartement avait-on toqué à la porte. Sa femme aurait refusé de répondre quelle que fût l'heure, mais il ouvrit sans hésiter. Une jeune femme se tenait devant lui, pieds nus. Plutôt jolie, presque trente ans, des cheveux courts, noirs. Elle sourit, hésita, puis demanda :

— J'ai envie de fumer. Je sais qu'il n'est pas convenable de déranger les gens à pareille heure, et pour cette raison, mais je n'ai pu me retenir. Je peux vous emprunter une cigarette ?

— C'est que... je ne fume pas.

— Alors...

— Attendez. Je ne fume pas, mais ma femme...
Ne restez pas là, entrez.

— Je pourrais attraper froid, fit-elle en riant de
sa propre remarque. Elle avait à peine vingt-cinq
ans, croyait-il maintenant. Vraiment jolie. Plus que
jolie, attirante. Elle obéit, laissant toutefois la porte
ouverte. Prudente, sûrement.

— Elle, ma femme, fume des Gitanes. Ça va
quand même ? Des blondes.

— Je fumerais un cigare. C'est vous dire ! Une
esclave, je suis une esclave.

— On a tous... commença-t-il, puis décida de
se rendre plutôt dans la chambre de sa femme. Il
boitillait. S'étant fait une entorse en jouant au
squash, il marchait comme un clown. Mais comment l'expliquer à la jeune fille qui n'était plus
là pour accueillir sa confidence ? Elle avait suivi
le chat dans la cuisine, maintenant accroupie
devant lui.

— Vous avez de la chance. Il n'aime pas beaucoup les visiteurs.

— C'est un « il » ? Comment il s'appelle ?

— Son nom va vous paraître curieux. Pataud.
Vous ne trouvez pas qu'il ressemble à un petit
chien ?

— Pas vraiment. Viens, Pataud, viens !

Pendant qu'elle promenait ses doigts sur les

flancs de la bête d'une façon qui lui parut très sensuelle, il retourna dans la chambre de sa femme. Quand il revint avec cinq cigarettes, qu'il tenait avec la maladresse d'un non-fumeur, elle était couchée sur le tapis, serrant Pataud sur son ventre. Il lui sembla qu'il ronronnait. Cela non plus n'était pas habituel. Pataud était conquis.

— Comment tu t'es fait cette blessure ? demanda-t-elle en désignant une cicatrice qui zébrait sa poitrine.

— Dans la brousse. Un safari. J'ai été imprudent.

— C'est pas vrai !

— Bien sûr que non. Les chats me suffisent. J'avais quinze ans. Seize peut-être. J'aimais beaucoup nager. J'ai plongé, je n'aurais pas dû.

Elle était nue, fumait sa troisième cigarette. Il lui avait suffi de plaisanter un peu pour qu'elle consente à le suivre au lit. Au fait, n'était-ce pas lui qui l'avait suivie ? Pourvu que Marie n'ait pas l'idée de téléphoner vers minuit, comme elle le faisait parfois.

Hélène — c'était son prénom — était même du genre à faire du bruit dans l'appartement pendant l'appel afin de l'embêter. Ne venait-elle pas de lui dire qu'elle n'avait pas plus envie de fumer que de se jeter par la fenêtre ? Elle voulait tout simplement lier connaissance avec lui. Habitant sur l'étage depuis six mois, elle l'avait remarqué, disait-elle, le trouvait tout à fait séduisant. Elle aimait les quadragénaires et avait voulu profiter de sa disponibilité. Quand reviendrait sa femme, qu'elle avait vue partir la veille ? Oui, elle le trouvait même beau. Malgré ses tempes grises, malgré ses oreilles un peu longues ? Mais si, mais si, il était même superbe dans son genre. Et puis, elle s'ennuyait à Montréal. Tous les amis, tous les parents abandonnés à Sept-Îles pour des études qui ne rimaient à rien. L'amour n'avait pas été très réussi. C'était souvent ainsi avec de nouveaux partenaires.

Elle avait eu quelques orgasmes rapides, avait laissé échapper quelques cris brefs, mais il n'avait pas eu l'impression d'avoir été très habile. L'espace de quelques secondes, il craignit même de ne pouvoir éjaculer. Le vin n'avait pas aidé, non plus que la certitude qu'il avait eue rapidement d'avoir cédé à un guet-apens. Hélène l'avait en quelque sorte possédé. Elle n'était pas de celles qui pourraient le faire chanter, mais qu'est-ce donc qui l'avait poussée ?

— Je prendrais bien un café, dit-elle. Je peux en faire si tu veux. Je l'aime très fort. Toi ?

Avant qu'il ait pu répondre, elle se leva d'un bond. Ses petits seins aux bouts très noirs lui parurent superbes. Elle était plus grande qu'il ne l'avait d'abord cru. Elle se promenait dans l'appartement avec l'aisance d'une femme qui se sait belle.

Elle n'hésita pas, trouva facilement le filtre à café, les tasses. Oui, il l'aimait très fort. S'approchant de lui — il venait de se lever à son tour — elle s'accrocha à son cou.

— Tu vivrais avec moi ?

Comme il semblait très embêté, elle éclata d'un fou rire qui le fit rougir.

— Je plaisante, voyons. Je vais disparaître de ta vie, ne crains rien. Moi aussi je tiens à ma liberté. Tiens, je ne te l'ai pas dit, j'ai un homme dans ma vie. Un chanteur. Non, ce n'est pas vrai, il est étudiant comme moi.

— Il sait que...

— Nous n'habitons plus ensemble. Il ne viendra pas te faire une crise ni menacer de te battre. D'ailleurs, il est moins costaud que toi.

— Mais il est plus jeune.

— La jeunesse, tu sais...

Le café étant prêt, elle se détacha de lui. Ses fesses étaient petites et très peu incurvées. Le mouvement des hanches était à peine appuyé.

— J'ai froid, fit-elle en se penchant pour saisir le T-shirt qu'elle avait tout à l'heure lancé négligemment sur une chaise. C'est à partir de ce moment précis qu'il commença à souhaiter son départ. Comment lui faire comprendre qu'il voulait être seul ? Incapable de brusquerie, il ne pouvait la chasser. Il avait bu trop rapidement et ressentait tout à coup une violente migraine. Le désir était toujours présent de lui faire l'amour une nouvelle fois, et de façon plus concluante, mais elle l'agaçait de plus en plus par son sans-gêne.

Quelle heure était-il donc ? Il avait déposé sa montre sur la table de chevet et n'avait pas envie de retourner dans la chambre. Le chat devait dormir, même s'il n'avait pas eu sa pâtée. Il décida qu'il était autour de trois heures.

Se tenant tout près de lui sur le divan, elle le toucha furtivement sous son slip, ses doigts caressant le haut de ses cuisses. Allait-elle s'installer chez lui pour le reste de la nuit ?

— Je t'ai dit que j'avais un homme dans ma vie. J'ai même un mari. On n'a même pas fait un an ensemble. Il était gentil pourtant. Gentil, un point c'est tout. Même pas foutu de me faire un enfant. Un enfant, c'est pourtant tout ce que je veux. Ça t'étonne ? Qu'est-ce que t'as tout à coup ? C'est tellement normal pour une femme d'avoir un enfant. Je n'ai jamais été enceinte, pourtant j'ai tout fait pour l'être. C'est lui qui était stérile, pas moi. Les tests ne mentent pas.

— Tu veux peut-être savoir si moi aussi je suis stérile ? Figure-toi que je n'en sais rien.

— Et ta femme dans tout ça ?

— Si tu veux, on ne parlera pas d'elle.

— Elle est stérile, ou non ?

— Mettons que nous ne voulons pas d'enfant.

— Vous êtes d'accord sur le sujet ?

Hélène le regardait avec insistance, les yeux durs soudainement. Elle avait toujours son T-shirt pour tout vêtement. Il n'en était pas troublé puisqu'il ne la voyait plus. Il ne voulait pas caresser cette toison dont l'odeur tout à l'heure l'avait rendu fou.

— Si tu veux, nous parlerons d'autre chose. Ou de rien. J'ai sommeil.

— Lui aussi dormait beaucoup. Il fallait être au lit à dix heures. Et il ronflait. Tu ronfles, toi ? Tu es sûr que vous ne voulez pas d'enfant, ta femme et toi ? Moi, je te jure que dans moins d'un an je serai enceinte. Je ne rate jamais une occasion de faire l'amour. Jamais.

— Tu ne rates jamais l'occasion de faire l'amour ?

— Tu as bien compris. Toutes les occasions sont bonnes. À condition que l'homme ne soit pas trop répugnant.

— Ainsi donc, ce que tu me disais tout à l'heure...

— Tu sais bien que dans l'amour, on dit n'importe quoi. Surtout les femmes. Et moi, je suis plus volubile encore. Ce n'est pas à un homme de ton âge que je dois apprendre ces choses-là.

— Mais pourquoi moi ? Pourquoi cette nuit ?

— Parce que tu es un homme, que je te savais libre. Tu n'es pas si mal après tout.

— Tout simplement ?

— Tout simplement. Tu as peut-être cru que tu étais irrésistible. Mettons que tu n'es pas...

— Je ne suis pas répugnant.

— Je te le répète, je veux un enfant. Et je l'aurai. Il sera peut-être de toi.

L'espace d'un instant, il revit sa mère criant des insultes à son père, un soir de colère. Elle aussi disait qu'elle n'avait jamais fait l'amour avec lui que pour une raison, avoir un enfant. Tout le reste était ennuyeux, sale. Quel âge avait l'adolescent qu'on croyait endormi ? Douze ou treize ans. C'était en tout cas à l'époque où il avait commencé à détester sa mère. Grandit également en lui une haine de la vie. Des femmes, il pouvait tout supporter sauf leur soif de maternité.

Il se pencha sur Hélène. Les veines de son cou étaient très saillantes. Il lui suffirait de serrer très fort et de ne pas prêter attention à ses cris. Quant aux poings qui commençaient à marteler sa poitrine, cela n'avait vraiment aucune importance. La montre d'Hélène marquait trois heures et demie.

L'AMIE DE MON PÈRE

Quand il avait appris que son père avait entretenu une femme pendant les vingt dernières années de sa vie, il s'était mis à le détester. Thérèse venait de lui annoncer qu'elle ne pourrait plus le recevoir le mercredi soir. Il regarda les muguets qu'elle avait déposés avec art dans le vase qu'il lui avait offert aux premiers jours de leur liaison. Il eut l'idée de lui demander le nom de son amoureux, mais il préféra se diriger vers la porte. Au moins, pensa-t-il, je n'ai pas de fils qui me poursuivra de sa haine.

LE PUR AGRÉMENT
DU VOYAGE

*Il m'enseignait qu'on voyage aussi
pour le pur agrément, et que cette sorte
de voyage est d'autant plus difficile et d'autant plus
profitable qu'il n'a que le hasard pour guide…*

ALEXIS CURVERS

Tout au long de sa vie Marie avait songé à la vieillesse qu'elle aurait. L'idée de la mort ne l'avait qu'effleurée. Il fallait en arriver là de toute manière. Pourquoi en faire une histoire ? Tandis que le vieil âge, lui, appartient à la vie. On doit s'y préparer.

À soixante-quinze ans, elle avait encore la pleine jouissance de ses facultés. Elle ne lisait plus qu'à petites doses, il est vrai, choisissant de préférence des livres dont les caractères n'étaient pas trop petits. Ses jambes ne lui permettaient plus de vadrouiller dans les grands magasins. Les longues promenades d'antan lui faisaient envie. Elle devait se rendre à l'évidence, elle était vieille et ne vivrait plus désormais que par le souvenir.

Des souvenirs, elle en avait. Des hommes qu'elle avait connus, un mari et trois fiancés, elle n'avait retenu que les voyages qu'elle avait effectués en leur compagnie. Marie était douée pour le bonheur. De Marcel qui l'assommait de sa jalousie maladive, elle gardait les images d'une croisière en Méditerranée. Pendant qu'il soignait un mal de mer factice — la bouderie lui était une façon d'être — elle avait écoulé des heures exquises en compagnie d'un journaliste hollandais qui mêlait des mots de français à un anglais de pure commodité. Elle savait qu'il n'était pas, cet étranger aux cheveux blonds, le romancier qu'il prétendait être, mais il était si beau. Qu'avait enlevé à Marcel ce flirt au bar suivi d'une courte séance au lit ? Le Néerlandais était un amant fort ordinaire, mais elle avait aimé le voir nu, souri de le voir se déplacer dans la cabine avec des mines de petit garçon timide.

L'après-midi, quand elle avait le vague à l'âme, elle feuilletait ses albums de photos. Si l'angoisse pointait, elle sortait de sa garde-robe des boîtes de diapositives. Installée sur son divan, elle pestait contre le mauvais état du projecteur, toute proche pourtant de l'attendrissement. Après tout, ils vieillissaient ensemble.

Elle aimait se voir plusieurs années auparavant. Elle se disait parfois : « Vraiment je n'étais pas mal en ce temps-là ! » Sur le *Ponte Vecchio*, par exemple, le chemisier blanc savamment entrouvert, la frange de ses cheveux noirs, son sourire. Les hommes l'avaient bien apprécié, ce sourire. Ils s'imaginaient tout de suite qu'elle deviendrait leur complice. À leur façon, c'est-à-dire naïvement. Il suffisait de leur cligner de l'œil pour qu'ils croient que vous étiez conquise. Tout doux ! Tout doux ! Le bonheur de la vie consiste dans le jeu. Marie avait aimé les approches de l'amour. Les deux fois où elle avait succombé à une véritable passion, elle en avait souffert. Elle n'évoquait ces moments de sa vie que poussée par des bouffées de tristesse. Curieusement, aucun de ces deux hommes adorés n'aimait voyager. Il fallait des semaines et des semaines de siège pour qu'ils consentent à quitter Montréal. Et pour d'insignifiants déplacements en voiture.

Quel âge avait-elle donc lors de ce voyage en Italie ? Quarante-deux ans. Vraiment à son mieux. Des jambes bien droites, de longues cuisses, des fesses charnues. Dans le train qui les avait emmenés de Florence à Nice, ils avaient fait plusieurs fois l'amour. Émilio avait toutes les caractéristiques du séducteur dont une femme en voyage doit se méfier. Sa voix était douce et sa façon de s'excuser à tout propos irrésistible. Dès qu'il l'avait touchée par mégarde — était-ce si sûr ? — à la sortie d'une trattoria bondée de touristes, Marie s'était sentie fondre. Le roulis du train avait bercé son état d'exultation. Émilio multipliait les déclarations d'amour. On arriva trop tôt à la gare de Nice.

Elle n'eut pas trop de peine quand il l'abandonna trois jours plus tard. Elle s'y attendait. Seuls les hommes du genre de Marcel ne partent jamais. La note du Negresco était plutôt élevée. Qu'importe ! C'était son vieil âge qu'elle préparait. Pendant que d'autres économisaient en prévision de cette déchéance-là, elle connaissait des expériences qui facilitaient le passage du temps. Elle se le répéta en tout cas pendant une semaine en se promenant seule sur la promenade des Anglais. Trente-cinq ans plus tard, qu'était devenu Émilio ? Concierge peut-être ou retiré en Sicile, mais beau encore malgré les rides.

Marie recevait peu de visiteurs. Elle n'avait qu'une sœur qui l'ennuyait tellement qu'elle refusait parfois de l'accueillir, prétextant une quelconque indisposition. Des amies, elle n'en avait jamais eu. Quant aux hommes, ils étaient morts ou malades. De toute manière, ils cessent de s'intéresser à vous dès que leur attention a été captée ailleurs. Pourquoi ne parle-t-on que d'infidélités masculines ? Rares sont les hommes qui additionnent les bonheurs. C'est à peine s'ils peuvent s'approcher d'une femme à la fois. La seule présence qui compte dans la vie de Marie, c'est celle de Chloé.

Chloé habite l'appartement du dessous avec son petit ami. Un jour que Marie revenait du marché, elle s'était emparée de son sac. Marie n'avait jamais supporté qu'on la traite comme une vieille personne, mais elle s'était laissée faire. Tout en Chloé lui plaisait. Ses gestes vifs, son sourire si engageant. Évidemment, à vingt ans on a tous les charmes. Mais il y a des vieillards de vingt ans. Chloé lui rappelait un peu la jeune femme qu'elle avait été. La différence, c'est qu'à cet âge Chloé vivait déjà avec un homme. À vingt ans, quelle folie ! Elle ne connaîtrait donc dorénavant que la répétition des choses. Que pourrait inventer pour la surprendre le vaillant petit Daniel ? Il était gentil, d'accord, mais Marie ne le savait que trop, il n'était pas de ces hommes qui captivent longtemps l'attention d'une femme comme Chloé. Un jour, elle s'apercevrait de son erreur. Six ou sept ans se seraient écoulés. Les regrets bondiraient sur elle.

Elle devait donc s'occuper de cette enfant. Si elle n'intervenait pas rapidement, la petite tomberait enceinte et se condamnerait à une vie de routine. Qu'il était merveilleux d'avoir de nouveau des projets ! Les voyages qu'elle ne pouvait plus effectuer, Chloé les ferait à sa place. Ses moyens étant limités, elle ne pouvait lui payer le voyage au Moyen-Orient dont elle avait elle-même rêvé. N'était-ce pas en parlant de Jérusalem dans un café de Bordeaux que ses yeux avaient croisé ceux de

Julien, fils d'un négociant en vins ? Deux mois de bonheur fou. Mais enfin, Jérusalem était hors de portée pour le moment. Les actions en bourse avaient eu cette année un rendement médiocre.

— Chloé, j'ai une proposition à te faire.

— Moi qui croyais que vous étiez souffrante, fait la petite en se grattant la tête d'un geste comique. « Elle devrait se surveiller », pense Marie, ignorant que pour la plupart des hommes d'aujourd'hui, Chloé est irrésistible.

— J'ai beaucoup réfléchi. À mon âge, on a tout le temps. Tu sais que j'ai toujours aimé voyager. Je ne peux plus le faire. Chloé, j'aimerais que tu voyages à ma place.

— Mais comment est-ce possible ?

— Tu n'as pas d'argent, je le sais. J'en ai un peu. J'aimerais que tu me rapportes des photos pour mettre mon album à jour. Cet été, tu iras en France.

— Mais ce n'est pas sérieux.

— C'est très sérieux !

— Et Daniel ?

— Il se débrouillera.

Juillet n'était pas terminé que Marie tomba malade. Le médecin crut d'abord à une crise d'arthrose, puis opta pour un diagnostic plus inquiétant. Le cœur de la vieille dame était usé. Elle en vint à ne plus quitter son lit. Se trouvant le teint jauni, elle refusait de se regarder dans la glace. Elle n'avait plus d'yeux que pour les photos du passé. Le jour où elle reçut la première carte postale de Chloé, elle crut qu'elle allait guérir. Sa protégée venait de quitter la place des Vosges et s'apprêtait à visiter le Marais. Dieu ! qu'elle écrivait mal. Trois fautes en cinq lignes.

Marie mourut à la mi-août avant le retour de sa jeune voisine. Les derniers jours, elle n'avait pas eu la force d'ouvrir son courrier. L'aurait-elle eue qu'elle aurait su que Chloé avait rencontré un guitariste gitan à Montpellier et qu'elle avait décidé de ne pas rentrer tout de suite.

J'aimerais avoir la certitude que son dernier rêve a été celui d'une jeune femme très belle marchant dans le Saint-Germain-des-Prés de l'après-guerre. Les médicaments aidant, elle s'est peut-être vue, la chère vieille, dans la magnificence de sa jeunesse, déambulant avec l'assurance des femmes qui se savent aimées.

Chloé n'est rentrée que trois mois plus tard. Elle a beaucoup pleuré. Est-ce à cause du guitariste ou de Marie ? Je ne sais pas. J'ai tenté de la consoler, mais elle me repoussait. Il était clair que je ne représentais plus aucun intérêt pour elle. « Daniel, tu n'es pas un homme », finit-elle par me crier un soir de colère. Elle prend l'avion pour Bruxelles demain. Marie lui a légué une petite somme.

LA PETITE FILLE LÀ-BAS

De voir gambader sa petite-fille l'émeut. Il ne se gêne pas pour le dire à ses amis. S'il n'était pas si distrait, il écrirait un livre sur elle. Ne devrait-il pas savoir que la vie lui file entre les doigts ? La petite grandira, ne lui prêtera aucune attention. Et ce qu'il pourra imaginer alors aura les apparences d'une pochade écrite par un vieillard. Même son émotion ne convaincra personne. La petite sautille, sautille.

UN CINÉPHILE D'OCCASION

La vie m'a appris peu de chose. Je sais toutefois qu'il n'est pas facile d'avoir quinze ans. De cette époque, je n'ai que de sombres souvenirs. La plupart du temps, les événements les plus déplorables se sont déroulés par beau temps. Comme si le soleil m'était néfaste. Je me revois marchant sur les berges du canal Lachine, attiré par l'eau boueuse qui me délivrait de mes soucis.

La vie, je ne l'avais qu'appréhendée. Les jeunes filles que je voyais évoluer autour de moi m'impressionnaient fort. Elles représentaient à mes yeux, plus qu'il n'était recommandé, le mystère du monde.

C'est par une journée admirable que je fis la connaissance de Gisèle. Elle venait d'arriver dans notre quartier. Souvent, le matin, je la rencontrais dans le tramway qui nous menait à nos écoles respectives. Elle fréquentait un couvent bien coté, je perdais mon temps dans une institution médiocre.

Sa beauté m'éblouissait. Était-elle si belle ? Je ne sais pas. Il me semblait que ses yeux étaient d'un bleu clair et que son sourire était évanescent. D'ailleurs, toutes les jeunes filles que je remarquais alors avaient un sourire « évanescent ». Je connaissais le mot depuis peu et en faisais un usage immodéré.

Un jour que je faisais mine de lire *La Nausée*, elle vint s'asseoir à mes côtés. J'avais noté que plusieurs banquettes étaient inoccupées. Elle voulait donc s'asseoir près de moi. Était-ce imaginable ? Il fallait engager la conversation coûte que coûte. Il me restait environ quinze minutes avant le moment prévu de la séparation.

Je venais de lire *Le Rouge et le Noir*. M'imaginer en Julien Sorel ne m'aidait en rien. La très jeune Madame de Rênal feignait de relire ses notes de cours. Du moins me semble-t-il à distance. Car alors il ne me paraissait pas possible qu'elle pût faire semblant. Devais-je lui parler de Sartre ou de Stendhal ? Tout à ma panique, je n'arrivais pas à me décider. Ce n'est qu'à la dernière station que je réussis à lui glisser d'une voix éteinte :

— Ton père, qu'est-ce qu'il fait dans la vie ?

Sans paraître étonnée le moins du monde, elle m'apprit qu'il était propriétaire d'une salle de cinéma du quartier. L'anglomanie ayant toujours été bien portée chez nous, on l'avait baptisée le *Strand*. Je ne suis pas sûr du nom. On ne demande pas aux amoureux d'avoir de la mémoire.

— Tu dois aimer beaucoup le cinéma ?

— Je ne pourrais pas vivre sans le cinéma.

— Quel genre de films aimes-tu ?

— Les américains surtout.

— Qu'est-ce que... ?

— J'adore Cary Grant. Robert Taylor, aussi. Je ne sais ce qui me poussa, mais je dis que je n'avais que le cinéma en tête. Plus tard, j'écrirais des scénarios. Je finirais mes jours à Hollywood.

— Tu vivras dans une grande maison, avec une grande piscine, fit Gisèle qui rangeait ses notes dans son cartable.

— Peut-être.

Je n'avais pas songé à cet aspect des choses. J'ai toujours été besogneux et l'existentialisme m'interdisait les rêves trop capiteux. De toute manière, je ne savais pas nager, me trouvais trop maigre et détestais m'exposer au soleil.

— Excuse-moi, je descends ici. Bonne journée !

Je la regardai descendre et fus déçu qu'elle ne lève pas les yeux pour me saluer une dernière fois. On est insatiable quand on est amoureux. Maintenant que la glace était rompue, je brûlais du désir de tout savoir d'elle. Je ratai ma station. J'essayais de me rappeler la couleur de sa robe, mais je ne revoyais que ses yeux et la façon qu'elle avait eue de souligner d'un trait jaune les passages du cours d'antiquité romaine qu'elle voulait mémoriser. À quinze ans, je n'étais pas encore tenté par la tendre et secourable bestialité qui nous pousse à deviner le corps des femmes. On m'aurait demandé si elle avait de jolis seins ou des hanches bien dessinées, que je n'aurais su quoi répondre.

Le *Strand* avait été construit vers le milieu des années trente. On avait lésiné sur son architecture. Le bâtiment était en briques rouges et ressemblait plutôt à un entrepôt qu'au palais des merveilles qu'il prétendait être. Je crois me souvenir que cette salle se targuait d'être *The Home of Stars*. Il est possible que j'exagère. La faute en incombe à Gisèle. Jamais je ne pourrai dissocier ma passion du cinéma de la fascination qu'elle exerçait sur moi. Tout à coup, le *Strand* se transformait à mes yeux en maison de la culture avant la lettre. Les films qu'on y présentait me paraissaient d'office parés de toutes les qualités. J'étais devenu cinéphile. J'affirme avoir vu tous les films qu'on y programma entre septembre 1948 et mars 1949.

C'est le 22 mars qu'elle me pria de ne plus l'importuner. Je ne faisais pourtant qu'échanger quelques mots avec elle dans le tramway. J'avais fini par apprendre que son père n'était pas proprié-taire du *Strand*, mais simple projectionniste. Je ne fus pas étonné qu'elle ait songé à me mentir. Je l'excusais d'avance. C'était ma faute après tout. N'avais-je pas eu l'outrecuidance de lui dire que mon père était haut fonctionnaire alors qu'il n'était qu'huissier ?

Poussée par un étrange besoin de tout compliquer, elle déposa dans notre boîte aux lettres un message que je ne compris que trop. Installée avec son père dans la cabine de projection, elle avait bien vu que j'étais devenu un spectateur assidu. Elle se sentait traquée. Pour la fidélité, elle avait raison. J'avais vu six films par semaine et de tous les genres. Westerns, comédies musicales, histoires policières, films à l'eau de rose, j'absorbais tout avec un égal bonheur. Il me semblait que je m'approchais malgré tout de Gisèle. Sur la pointe des pieds, j'entrais dans son intimité. À peine avais-je tendu mon ticket au préposé que je sentais la présence de la tendre personne que j'aimais si fort et de si loin. À la faveur de nos rencontres dans le tramway, j'avais osé quelques allusions. Viendrait-elle avec moi pour la représentation d'un film en sépia avec Errol Flynn ? Elle avait répondu qu'elle avait trop de travaux à rendre et que de toute manière elle ne prisait pas tellement les films d'aventures. Ce qui n'aidait pas les choses, ses parents lui interdisaient de sortir avec les garçons.

Ce dimanche-là, je relus une vingtaine de fois son billet pour y trouver la trace d'un regret. Je n'en vis pas. Ma mère nous apprit à table que les parents de Gisèle étaient des prétentieux qui se saignaient aux quatre veines pour envoyer leur fille dans un couvent trop huppé pour leurs moyens. Elle ajouta, en baissant la voix d'une façon mystérieuse, que cela n'empêchait pas leur fille d'avoir un petit ami. Je me levai de table précipitamment.

La semaine dernière, on a démoli le *Strand*. On a déjà commencé à poser sur le site les fondations d'une demeure pour personnes âgées. Je n'aurais pas aimé assister à l'effondrement des murs. Dans ma mémoire, le *Strand* était à sa façon un sanctuaire. Je ne sais si Gisèle vit encore avec l'assistant de son père. Ils se sont mariés très tôt. C'était la coutume à l'époque en milieu ouvrier.

Quant à moi, je vais de moins en moins au cinéma. Parfois, les jours de mélancolie, il me semble que le projectionniste et sa fille m'ont vu entrer du haut de leur perchoir. J'ai peine à me concentrer. Et puis, je ne suis jamais allé à Hollywood. C'est à Montréal et ailleurs qu'on m'a raconté des mensonges auxquels j'ai cru.

MAINTENANT
QU'ELLE EST MORTE

Ce soir, disait-elle, nous serons heureux.
J'achetais du champagne, elle apportait des fruits.
Nous écoutions de la musique jusqu'à l'aube. J'étais
un peu ivre, elle feignait de ne pas s'en apercevoir.
Depuis qu'elle est morte, me laissant des souvenirs
qui me font mal, je m'efforce de ne pas trop songer
à ces nuits de bonheur. Mon fils croit que je
divague. Il n'est pas heureux et n'a jamais aimé sa
mère.

RETOUR À MONTRÉAL

Anne se dit qu'il était ridicule de pleurer. Heureusement, personne ne la voyait. L'autobus quittait Québec. *Qu'est-ce que j'ai à pleurer ?*

Elle venait de rendre visite à son fils. Étudiant en sciences sociales, il avait un appartement convenable, ne souffrait d'aucune maladie, n'avait pas de problèmes d'argent. Elle aurait souhaité qu'il ait une petite amie, mais pourquoi s'en faire de ce que Luc vive seul ? Elle l'avait invité deux fois au restaurant. Il avait protesté pour la forme. Pourquoi fallait-il payer si cher pour déjeuner ? Mais il avait été adorable. *Comme d'habitude. Luc est toujours adorable.*

Elle essuya les larmes qui lui venaient encore. Elle le savait, sa tristesse ne cesserait pas avant deux ou trois jours. C'était chaque fois la même chose. Comme si elle abandonnait son fils à un exil intenable. Peut-être même sa morosité ne disparaîtrait-elle jamais. Elle se sentait de plus en plus lasse. Quarante-cinq ans pourtant, seulement quarante-cinq ans, se répétait-elle pour se moquer. Comment sa mère se débrouillait-elle, elle qui avait vécu jusqu'à quatre-vingt-trois ans ?

Elle s'était rendue à Québec plus tôt que prévu parce que Luc lui paraissait distant. Il l'était toujours quand un problème l'asticotait. Il ne se laissait aller aux confidences que lorsque le problème semblait réglé. À la sauvette, comme pour se débarrasser. Souvent elle devait se contenter d'une explication à laquelle elle ne croyait pas. Cette fois pourtant elle avait cru devoir insister. Prétextant un voyage pour le Ministère, elle lui avait téléphoné. Elle ne le dérangeait pas au moins ? Elle ne le dérangeait jamais, lui avait-il assuré.

Voilà qu'elle se remet à pleurer. Cet enfant est trop gentil. Jamais il ne dira que je lui casse les pieds avec mes inquiétudes, qu'il a besoin de liberté. À son âge, me consacrer deux jours entiers. N'ai-je pas exagéré ? Ce qu'il doit me trouver vieille ! Il ne s'est pas informé de son père. Peut-être a-t-il fini par accepter notre séparation. Il est discret. Son silence ne veut rien dire. Luc voit-il son père ? Je le souhaite. Ils ne se sont jamais tellement parlé, mais il n'empêche que la présence d'un père, même indolent, est nécessaire. J'ai été une mère omniprésente. Je le sais. J'ai peut-être trop protégé mon fils, mais comment pouvait-il en être autrement ? Je suis allée au-devant de chacun de ses besoins, il aurait peut-être mieux valu que je sache m'effacer en certaines circonstances. Cette fois où je le soupçonnais de fumer un joint ou deux avant de se mettre à étudier. Que j'ai été sotte ! Est-ce que cela me regardait ?

Elle avait bien fait de partir avant la fin de la soirée. Luc s'était peut-être précipité sur le téléphone dès son départ. Et elle était si lasse. Tant mieux si elle réussissait à dormir un peu pendant le trajet. Il faudrait qu'elle cesse de se tourmenter au sujet de son fils. Après tout, c'était lui seul qui avait décidé de s'inscrire à Laval. Ses études, il aurait pu tout aussi bien les poursuivre à Montréal.

C'était à l'époque où elle avait un ami. Sylvain restait parfois à coucher. Elle éprouvait quelque gêne à laisser pénétrer cet étranger dans leur intimité. Sylvain était à peine plus âgé que son fils. Non que Luc l'eût jugé, il ne laissait rien paraître, mais sait-on jamais ? La volonté d'indépendance de celui qu'elle venait à peine de tenir pour un adulte lui avait paru une libération. La solitude lui pesait tellement alors qu'elle ne crut pas souhaitable de laisser échapper une occasion de refaire sa vie. Comme si l'on pouvait refaire quoi que ce soit ! Idiote, elle avait été une idiote.

Luc n'était pas encore parti que Sylvain lui annonçait son intention de rompre. Un prétexte tarabiscoté. Elle ne fut pas longue à comprendre qu'il était lié ailleurs. Rien d'étonnant à cela puisqu'il était comédien et qu'il jouait en compagnie d'une camarade au charme éblouissant. Il le lui avait même dit, ajoutant qu'avec la voix qu'il avait il pouvait conquérir toutes les femmes dont il avait envie.

— Tu ne t'ennuies jamais ? avait-elle demandé à Luc.

Un moment d'hésitation, puis le fils avait laissé échapper sur un ton qui manquait de conviction :

— J'ai des copains.

— Des copines aussi ?

— Évidemment.

Elle ne l'avait pas cru. Le téléphone n'avait pas sonné une seule fois pendant sa présence à l'appartement. Mais pouvait-elle insister ? Surtout ne pas se comporter comme une mère inquiète. Il n'empêche qu'elle regagne Montréal avec la certitude que son fils n'est pas heureux, qu'elle ne peut rien pour lui.

Au moment du départ, elle a pleuré. *Je pleure à la moindre occasion. Des larmes, j'en ai versé aussi quand il m'a quittée. C'était comme si je n'allais jamais le revoir. Pourtant, il n'a pas rompu les ponts. Il n'empêche que j'ai la certitude qu'il s'éloigne de plus en plus de moi. J'essaie de me dire que c'est normal, que je ne peux pas m'attendre à ce qu'il ait pour moi l'attachement que j'ai pour lui, je n'en suis pas moins terrorisée. Bientôt, il m'abandonnera.*

Elle se met à repenser à sa naissance, à la joie indicible qu'elle a ressentie de le voir grandir. Elle n'en revenait pas de constater qu'il était affectueux, qu'il n'était décidément pas de ces garçons que seuls les sports préoccupent. Son père le lui reprochait régulièrement. Son mari, quand il n'avait pas en tête les soucis que lui causait son étude d'avocats, ne se passionnait que pour le hockey. Que lui avait-il pris de vivre avec lui si longtemps, puis de l'épouser ? Elle avait tout raté.

Les grands mots toujours. Ce n'est pas de ratage qu'il s'agit. Une erreur de parcours tout au plus. Mais Luc est le vestige d'une relation maladroite, inutile. Elle ne sait même pas comment elle s'est détachée d'un homme qui ne l'avait jamais rendue heureuse. Un jour, tout simplement, rien ne lui était plus paru possible. Elle s'était dit que son fils suffirait. Quelle folle elle avait été !

Elle avait tout perdu. Seule, elle était seule. Elle détestait déjà l'appartement où elle dormirait tout à l'heure. Le roulis de l'autobus l'agaçait. Et puis il était évident que Luc n'était pas heureux et qu'elle ne pouvait rien pour lui. Elle l'appellerait quand même dès son arrivée. Elle le lui avait promis.

TA MÈRE TE TROUVE BEAU

Un jour, il ne l'oublia jamais, son père lui avait dit : « Ta mère te trouve beau. » Avait-il raison de croire que le gros homme au visage inquiet ne partageait pas cet avis ? Maintenant que son corps reposait dans un cercueil, le fils pouvait-il enfin lui crier qu'il se savait laid et que ce que pouvait en penser cet ignoble personnage n'avait vraiment aucune importance ? Seul comptait le mépris de la compagne qui se tenait à ses côtés pendant les funérailles.

NOUS AVONS ÉTÉ JEUNES

Le vieillard avait dormi quelques minutes puis s'était réveillé brusquement. Un cauchemar violent. Il égorgeait la femme avec qui il avait vécu pendant presque quarante ans. Marguerite était morte il y a quelques mois. Il ne s'était pas encore remis de cette séparation, s'accusant de tous les torts. Des fautes commises dans l'insouciance la plus totale, et plutôt vénielles, devenaient alors d'une importance capitale.

Il vivait dans une maison de retraite. Peu liant, il n'abordait les autres pensionnaires que par stricte obligation. Certains lui en tenaient rigueur. De toute manière, ils comprenaient mal qu'on pût préférer lire plutôt que de jouer aux cartes ou de regarder la télévision. Lui arrivait-il de se joindre à eux pour une partie de cinq cents qu'il les mécontentait par son jeu erratique.

—Monsieur Leroux, ça ne vous embête pas que je m'assoie à côté de vous ? demanda un homme dont il reconnut tout de suite la voix haut perchée.

Il fit signe que non, tout en cherchant le nom de ce compagnon qui s'installait déjà dans le transat. « Un autre vieux, se dit-il. Il n'y a que des vieux ici. » Son nom ? Très facile à retenir pourtant : Roger Grenier. Tout comme le romancier.

— J'ai remarqué que vous lisez beaucoup. Je peux vous demander... ?

Il lui montra une édition de poche de *Paris est une fête*.

— Hemingway. C'est un auteur que j'ai beaucoup lu.

— Moi, pas tellement.

— Il faut dire que j'avais le temps de lire. On me payait pour ça. J'ai été professeur de littérature. Latine et française. Autant vous le dire tout de suite, j'ai été prêtre pendant une bonne partie de ma vie. Un jour, j'en ai eu assez. Je me suis marié. Au bout de deux ans, tout était fini. Excusez-moi de vous ennuyer. Je parle beaucoup. Habituellement je suis plus silencieux. Trop silencieux, il paraît. C'est peut-être de vous voir avec un livre qui m'a bouleversé. J'en étais venu à croire que personne ne lisait plus. Enfin, vous voyez ce que je veux dire, que personne ne lisait de vrais livres.

Un camion passa dans la rue toute proche. Quand il se fut éloigné, le bruit de son moteur devenu à peine perceptible, le nouvel arrivé reprit :

— Il y a des jours où je n'arrive plus à lire. Les yeux, évidemment. Je devrais aller chez un oculiste, mais j'en ai assez de tous ces examens auxquels il faut se soumettre. Alors que parler est si facile.

— Vous trouvez ? Je ne partage pas votre avis. Mes enfants voudraient que je sois plus sociable. Sociable, comme si c'était possible ! Il y a des jours pourtant où je parlerais à n'importe qui.

— Même à moi ?

Le vieillard ressentit pour la première fois depuis longtemps le désir de parler. Il y avait bien ses enfants. Sa fille plutôt. Hélène venait le voir tous les dimanches. Les fils étaient plus distants. Il n'aurait pas détesté que Pierre se montre plus souvent. Il était toujours en voyage. Quant à Sylvain, mieux valait qu'il espace ses présences. Il n'était pas sûr qu'il ne lui en veuille pas un peu. De quoi au juste ? D'être là tout simplement, tant était grand le désir qu'il ne camouflait pas d'être ailleurs. Hélène était si bonne qu'il se retenait de lui faire part des idées noires qui lui venaient sans arrêt. Se retenir, par exemple, de lui dire que la vie ne signifiait rien pour lui depuis le décès de sa mère.

— Même à vous, ajouta-t-il en riant.

— Ça ne va pas aujourd'hui ? demanda le nouveau pensionnaire avec une attention dont le vieil homme avait perdu le souvenir. Avec Hélène, il ne pouvait s'empêcher de se sentir protecteur. Comme si elle avait encore cinq ans et qu'elle pleurait à la pensée d'aller à l'école. Ils étaient jeunes alors, Marguerite l'accompagnait dans les soirées mondaines auxquelles il se sentait tenu d'assister à cause de sa profession. On n'est pas grand chirurgien impunément. On proteste contre les obligations, les embêtements. On ne se rend pas compte que le temps fuit, que les cheveux de Marguerite ne sont plus blonds tout à fait.

— Peut-être ressentez-vous les mêmes choses que moi ? Il me semble que tout va bien, je ne suis pas malheureux au milieu de ces vieux fous. L'inquiétant vient de ce que le temps s'écoule. Sans plus. Je devrais en être ravi puisque la vie ne m'apporte plus aucune joie. Mais non. Je sais que je vais vers la mort et n'en reviens pas. Depuis quelques années, je ne lis que soutenu par cette idée. J'essaie de trouver des pages qui m'apaiseront. Comment les écrivains se sont-ils débrouillés avec l'approche de la mort, voilà la seule question qui m'intéresse.

— Et puis ? demanda le vieillard, mû soudainement par un profond intérêt. C'était un peu comme s'il avait aperçu la silhouette d'Hélène qui lui rendait une visite impromptue.

— Je ne trouve rien de bien consolant. Sauf chez les croyants. Hier encore, je lisais quelques pages des *Mémoires intérieurs* de Mauriac. Même si j'ai été prêtre, vous savez, je ne suis pas sûr de croire. Et je n'aime pas Mauriac. Vous ?

— Il y a si longtemps que je l'ai lu. Pour ce qui est des croyants, je me suis arrêté à Pascal. Je n'ai jamais pu faire le pari qu'il propose.

— Comme s'il était vraiment plus facile d'opter pour le néant que de choisir Dieu. Excusez-moi, il me reste encore un peu de cette formation religieuse que j'ai eue. Beaucoup même. Je m'efforce de faire taire le curé en moi, mais pas toujours avec succès. Pourtant il y a longtemps que j'ai renoncé à être le directeur de conscience de qui que ce soit.

— À soixante-treize ans, je ne serais pas facile à diriger.

— À soixante-dix, je ne parviens pas toujours à diriger ma propre conscience.

Le vieillard ouvrit son livre. Il l'avait acheté en 1965 à Sainte-Adèle. Le 28 juillet. À cette époque, il inscrivait son nom dans les livres qu'il acquérait, ne manquant jamais d'ajouter la date. Comme s'il avait voulu retenir le temps. Il s'était débarrassé l'année précédente de la plupart des livres de sa bibliothèque. Peu d'entre eux l'intéressaient encore.

À travers les vitres de la véranda, il pouvait examiner le travail du jardinier qui, patiemment, réunissait les feuilles mortes en tas réguliers. « Ce travail ne me déplairait pas », pensa-t-il. Tout plutôt que de ruminer des pensées noires. Il se mit à songer à celui qui deviendrait peut-être un ami.

— Je n'ai plus qu'une dizaine de pages à lire. Je peux vous le prêter, si vous voulez.

Il ne s'était pas aperçu que son compagnon venait de s'endormir, qu'il ronflait même. Probablement était-ce préférable ainsi. N'allait-il pas lui raconter combien il avait été heureux avec Marguerite ? Mieux vaut garder ce genre de souvenirs pour soi.

QUI SONNE À LA PORTE ?

La sonnerie de la porte d'entrée tinte. Il fut un temps où ma femme et moi craignions qu'il ne s'agisse d'importuns. Nos parents avaient l'habitude de nous rendre visite sans prévenir. Plus personne ne vient à notre porte. Nos enfants sont occupés à vivre. Quant à nos parents, ils n'ont pas tardé à nous abandonner. Un jour, un ambulancier se présentera. Demain, peut-être.

LE PARC

Il y avait un parc en face de la maison où nous habitions. Je devais avoir dix ans. Je l'ai revu. Il a maintenant un air d'abandon. Quand on naît dans un milieu ouvrier, on n'a souvent que des souvenirs tristes. Des souvenirs qui portent ombrage à ceux que vous conservez tant bien que mal dans votre mémoire. Comme si la vie vous avait été infligée sans délire.

Un parc maintenant mal entretenu, sans fleurs. Une pelouse jaunie, quelques arbres peu branchus. La surface est plane, on peut apercevoir d'un seul regard toute son étendue. Mon père disait que nous avions de la chance d'avoir sous les yeux pareille merveille. Il est mort depuis longtemps.

En cet après-midi de juillet, le parc est désert. Une jeune femme enceinte vient de le traverser, poussant un landau et tenant par la main un petit garçon de trois ou quatre ans. Des adolescents à la chevelure excentrique portant une énorme radio d'où sort une musique qui me paraît être du *heavy metal* s'engageront bientôt dans l'une des allées trop étroites. Est-ce vraiment du *heavy metal* ? Je ne sais plus très bien. Je suis un vieil homme et n'entend plus que les refrains anciens que je retiens de peine et de misère.

Mais qu'est-ce qui m'a pris de retourner sur les lieux de mon enfance ? Il n'y a rien à attendre de ce genre de pèlerinage. Surtout quand on n'a de cette époque de sa vie que des souvenirs désagréables. Les autres, on les a enfouis très profondément. Par velléité de souffrance peut-être. Il n'empêche que je souris malgré moi en pensant à ma naïveté d'autrefois. Je me suis longtemps imaginé que les enfants naissaient sur les bancs de ce parc. On les y apportait, la nuit venue. Mon père avait trouvé cette explication qui en valait bien d'autres. J'avais cinq ans peut-être. Pourtant ma mère avait eu trois enfants. Je ne m'étais aperçu de rien. À quoi attribuais-je son ventre proéminent ? Je ne le voyais pas. Qu'ai-je vraiment vu dans ma vie ?

— Il fait chaud, hein ?

L'homme qui s'adresse à moi est un vieillard. Moi, dans dix ans. Je ne sais ce qui me prend de lui répondre. Je n'ai pourtant pas le goût de parler. Je suis venu ici pour me souvenir.

— Justement, il faut en profiter.

Une réponse idiote. Mon appartement est climatisé. Je déteste la chaleur. Tant pis pour mon interlocuteur qui doit vivre dans une étuve. Il me regarde, déçu.

— Ah ! Vous aimez la chaleur, vous ? Moi, je ne peux pas la supporter.

Le bonhomme continue son chemin. Il marche à petits pas précis. Il est plus vieux que je l'avais d'abord cru. Il se retourne comme s'il savait que je l'observe, me sourit. Je lui adresse un salut de la tête. Comme si je croyais que nous nous reverrions. Plus on avance dans la vie, moins on revoit les gens. C'est aussi bien ainsi.

Je m'assois sur un banc zébré de graffiti. On y a inscrit les sentiments affectueux d'un certain Pierre pour une Linda, quelques cœurs ont été transpercés de flèches et l'on voue un culte effréné à des groupes de chanteurs rock. De mon temps, on était plus discret. Du moins, il me semble.

J'aimerais bien me souvenir d'une aventure que j'aurais eue au temps de mon adolescence. Je serais ému, je me demanderais ce qui est advenu d'une fille de seize ans que j'aurais caressée en échafaudant des projets d'avenir. Mais rien ne s'est jamais produit pour moi dans ce parc. Jamais je n'aurais osé faire la cour à une étudiante à deux pas de la demeure de mes parents. Je craignais trop les sarcasmes de mon père. Il me trouvait laid. Je me défendais de mon mieux. Je devenais homme quand j'étais loin de lui. N'importe comment. De façon malhabile la plupart du temps.

Les ruptures n'étaient pas mon affaire. Je ne savais pas comment rompre. Dès que je m'apercevais que j'avais perdu un peu de ma liberté, je m'agitais comme si on avait tenté de m'étouffer. Je n'ignorais pas que peu de temps après je chercherais à me lier de nouveau avec la même fille ou avec une autre. Je suppliais, je m'humiliais. Tout pour ne pas souffrir de la solitude. Tout pour que mon père ne s'aperçoive pas de ma détresse.

Mon père est mort hier. Il était veuf depuis trente ans. Il n'y a pas eu de funérailles. Peut-être en aurait-il souhaité ? Pour le savoir, je n'aurais qu'à ouvrir une enveloppe qu'il m'a donnée, il y a dix ans peut-être. Si j'ai tenu à visiter le quartier de mon enfance, c'est que j'aime bien revenir dans les pas du jeune homme que j'ai été. Du pitoyable jeune homme que j'ai été. Je suis un rabâcheur. Il n'est pas possible de recommencer et je ne suis même pas intéressé à éviter le gâchis.

Est-ce un gâchis ? Je n'en suis pas sûr. Je sais que le temps a fui. C'est tout. J'aurai soixante ans la semaine prochaine. Je ne pleure pas la mort de mon père. Je suis dans le tourbillon du temps. Rien de plus. Comment faisait-il l'amour ? Cela lui arrivait-il souvent ? Toute l'indifférence que j'ai pour lui ne me porte pas à souhaiter qu'il n'ait pas eu sa part de jouissance.

Ai-je réussi ma vie sexuelle ? Je ne me suis jamais posé la question. Je n'ai que le regret de ne pas l'avoir commencée plus tôt. Les choses se seraient déroulées plus aisément si j'avais eu une adolescence moins tourmentée. Si je n'avais pas eu peur de ce père honni, de sa méchanceté. J'ai fait du mal à la ronde. Sans souvent m'en rendre compte. Que ne donnerais-je pour avoir à mes côtés une de ces femmes que j'ai malmenées ? La pire des mégères plutôt que la télévision que l'on regarde par habitude.

Je suis maintenant seul dans le parc. Le jour tombe. C'est dans un autre parc que je rencontrais Marie très souvent. Quand elle n'était pas à son appartement, il y avait fort à parier que je l'y trouverais. La plupart du temps, elle était triste. En ce temps-là, je croyais encore qu'on peut soulager la peine des autres. Que d'heures à l'écouter !

Je la revois assise sur un banc. Il y a des fleurs partout. Le quartier est plutôt huppé. C'est l'été. Des enfants jouent. Elle attire mon attention sur une jeune femme et son bébé. Il est évident qu'elle lui en veut de son bonheur. Je dis n'importe quoi, je raconte qu'il n'est pas si sûr qu'elle soit heureuse, qu'elle a elle aussi ses tracas. Mais au moins, me réplique-t-elle, cette femme ne vit pas dans une angoisse constante. Je ne commente plus. Trop souvent j'ai répondu à Marie qu'avec une beauté comme la sienne on n'a pas le droit d'être malheureuse. Un jour, un homme viendra. Pas moi, nous le savons tous les deux, je ne suis qu'un ami.

Ce parc n'existe plus. L'ont remplacé des immeubles à appartements. Je n'ai plus de nouvelles de Marie depuis longtemps. Est-elle toujours aussi belle ? L'alcool a-t-il eu raison de la finesse de ses traits ? Elle n'avait que le mot de suicide à la bouche. Peut-être est-elle morte ? Je ne peux le concevoir. Je suis vieux, mon père vient de mourir, et je n'ai rien trouvé de mieux à faire que de revenir dans le quartier de mon enfance. Il sera bientôt six heures. Ma mère sortait habituellement à cette heure-là de la maison de briques rouges, celle qui à l'heure d'aujourd'hui a toutes les apparences d'un taudis, et m'appelait pour le souper. Je rentrais à reculons. J'aimais bien jouer, j'étais couvert d'amis. Il ne me reste plus qu'à me laisser couler dans la mort.

Le vieillard de tout à l'heure revient, tout étonné de s'apercevoir que je suis encore assis sur le même banc. Il me dira probablement quelques mots. Je sens qu'il se dirige vers moi. Peut-être s'agit-il d'un homme que j'ai connu jadis. Ma vue est mauvaise. Marie trouvait que j'avais de beaux yeux. C'était à l'époque où elle n'avait pas décrété que j'étais aussi cruel que les autres.

— L'automne est arrivé pour de bon, fait mon promeneur.

Je me lève brusquement, sans rien répondre. Jamais je ne pardonnerai à mon père.

CETTE FILLE
N'EST PAS POUR TOI

Il lui revient tout à coup que sa mère n'aimait pas Suzanne. Cette fille n'est pas pour toi, avait-elle affirmé d'un ton sans appel. Combien d'années s'étaient écoulées depuis ? Il est devenu chauve et ne se rappelle plus la voix de celle qui ne supportait pas qu'une femme l'approche. Suzanne mourra ce soir. A-t-elle jamais eu pour lui un seul regard attendri ? Il noue le nœud de sa cravate et souhaite de se rendre à l'hôpital pour une dernière fois.

AMOUR MATERNEL

Mon destin a toujours été de plaire. Sur son lit de mort, ma mère m'a dit que j'étais beau, que je l'avais toujours été. Elle ne savait pas, la pauvre vieille, que ce charme tout naturel m'a empêché de réussir dans la vie. Comment prendre goût au travail quand les femmes mettent à votre disposition l'argent nécessaire ? Ces considérations me viennent pendant que je prends un *planter's punch* à la terrasse d'un grand hôtel de la Nouvelle-Orléans dont je dois taire le nom par souci d'efficacité. Je suis venu dans cette ville en mission commandée. Celle qui m'a envoyé, Mme Camille Bolduc, aime bien les jeunes hommes dans la trentaine. Je ne suis ni le premier ni le dernier qu'elle entretient. Certains ont abusé d'elle. Moi pas. Je rends même de petits services à Camille. Je recueille le montant de ses loyers, m'occupe de faire redécorer sa villa de Saint-Sauveur et lui sers de chauffeur à l'occasion. Par pudeur, je ne vous parlerai pas de mes exploits au lit. Si Camille apprenait que je manque à la discrétion, elle en aurait du chagrin. Ce qu'elle a pu rajeunir depuis que je suis entré dans sa vie ! Elle veut toujours faire l'amour. Pour me reposer, je prétends que j'ai la migraine. Je n'irais pas jusqu'à dire qu'elle est obèse, mettons qu'elle est un peu forte. La figure toutefois est agréable, les yeux marron clair, le teint d'albâtre. Est-ce ma faute si je préfère des formes plus longilignes ?

Je sais qu'elle a soixante ans. Si elle ne les paraît pas, cela tient surtout aux nombreuses heures qu'elle écoule chez une esthéticienne. Son goût pour les plaisirs innocents de fin d'après-midi est assombri par la maladie de son mari. Elle se demande parfois en me caressant la poitrine si elle a bien le droit de le tromper. J'aime qu'elle ait ces scrupules. Ce vieux fond de morale de nos familles me protège.

C'est justement la maladie du vieux qui m'a valu ce voyage toutes dépenses payées. Camille craint qu'il ne meure sans avoir revu son fils. Elle ne peut pas supporter que tout ne se déroule pas dans l'ordre, ma Camille, elle insiste pour que les traditions soient respectées. Je ne suis pas sûr du tout que le Bolduc ait encore sa conscience. Je ne crois pas non plus qu'il tienne à ce point à revoir son fils. Le mauvais enfant s'est enfui il y a quatre ans avec vingt mille dollars de bijoux. Le cœur de

Camille est insondable. Son compte en banque, auquel je préfère ne pas trop songer, est pour moi un mystère. Ah ! pouvoir vivre très longtemps avec ma Camille ! Enfin, trois ou quatre ans. Parfois, je l'imagine à l'agonie me disant que j'ai ensoleillé les dernières années de sa vie. Son dernier regard serait pour moi et elle me laisserait un petit héritage que je ferais fructifier.

Je n'ai que trente ans, mais je pense déjà à une retraite dorée quelque part du côté de Cape Cod. Je ne prise pas tellement les pays chauds. L'humidité surtout me fait horreur. Ne me parlez pas de la Nouvelle-Orléans, dont Camille m'avait trop vanté les mérites. Ils peuvent bien claironner l'attrait de son *French Quarter*, berceau du jazz, je n'en ai cure. En musique, je ne supporte que Bach. Et puis, cette rue Bourbon est un repaire de soûlards, de prostituées vulgaires, de touristes bon marché. Le *dixieland* que l'on entend partout, sans même pénétrer dans les boîtes, me sort par les oreilles. Cette rue pue le sperme et l'alcool. Seule l'angoisse d'une mère m'a poussé à venir ici. Car le fils en cavale travaille dans cette rue même. Camille croit qu'il est maître d'hôtel dans un restaurant français. Je sais depuis cette nuit qu'il y dessert les tables. L'humiliation qu'elle ressentirait si elle apprenait la vérité ! Son Antoine qu'elle aime tant. Mais il y a bien pire. La dame du vestiaire est très bavarde. Il suffit de quelques billets verts.

Est-il souhaitable qu'il quitte tout de go les rives du Mississipi ? Les eaux boueuses et jaunes de ce fleuve ne conviennent-elles pas mieux à sa nature profonde ? Surtout s'il lui prenait l'envie de confesser tous ses crimes à sa mère. Camille ne pousserait-elle pas sa compassion maternelle jusqu'à se consacrer exclusivement à la mémoire de son mari et à la présence de l'enfant retrouvé ? Être prudent toujours, ne rien brusquer. Ce *planter's punch* est trop sucré. Qu'on m'apporte plutôt un *gin fizz*. Où la serveuse a-t-elle appris à sourire de cette façon ? On jurerait que le M.L.F. n'a jamais existé. Est-il bien nécessaire de faire la connaissance d'Antoine aujourd'hui ? Le vieux ne claquera pas avant au moins une semaine. Mes pressentiments ne me trompent jamais. Si je commandais du champagne ? Ça impressionne toujours.

Le *Women's Lib* permet sûrement à ses adeptes de sourire aux hommes. Pourtant, à la première allusion insistante, la serveuse s'est offusquée. Je ne suis pas son genre. Je descends donc une fois de plus la rue Royale, m'attardant à la devanture des antiquaires. Si je voyais une breloque pour Camille. Après tout, c'est à elle l'argent. À la rue Toulouse, je tourne résolument vers Bourbon Street. Pourquoi remettre au lendemain ? Je n'ai jamais vu Antoine. Il s'est envolé bien avant mon entrée dans la vie de Camille. J'ai sa photo. C'est peu dire que d'affirmer qu'il est gras. Pas étonnant avec les parents qu'il a. Le cancer a rongé les chairs de Bolduc père, mais Madame doit bien peser soixante-quinze kilos. Pour se justifier, elle dit que l'embonpoint empêche les rides précoces. Elle mange sans arrêt, boit plus que de raison. Moi, ça ne m'ennuie pas, remarquez. Puisque nous ne sortons jamais ensemble à cause des racontars. Elle trouve blâmables ceux qui l'empêchent de s'afficher avec son petit homme. Parfois nous faisons des randonnées dans le Vermont. À ces moments-là, elle se maîtrise à peine. On nous regarde, on nous juge. Je n'aime pas.

Repenser à Antoine. Que m'a-t-elle dit de lui, au juste ? Presque rien. Ne pas commettre d'impairs. Le reste, ce que la dame du vestiaire m'a appris il y a quelques heures, je saurai bien l'exploiter à bon escient.

À la porte du restaurant, un écriteau apprend aux passants que la maison sert des *dinners* à partir de seize heures trente. J'en suis à me demander s'il ne conviendrait pas que j'attende l'heure d'ouverture officielle de l'établissement plutôt que de toquer à la porte lorsque celle-ci s'ouvre pour livrer passage à un immense garçon, un balai à la main. J'ai mon homme. Jamais je ne l'aurais cru aussi gros.

— Antoine ?

Pas de réaction. Comme si je m'étais adressé au Mur des Lamentations.

— Vous êtes Antoine ?

111

— *What ?*

— Antoine, je viens de la part de votre mère.

— *Sorry ? I don't...*

— Écoute, je ne te veux pas de mal. Seulement te parler un peu.

— *I told you...*

— Tu veux peut-être que je te mette la brigade des stupéfiants aux fesses ?

Même les regards extatiques de Camille dans l'amour n'ont pas l'expression profonde de ces yeux. Le mastodonte me contemple comme si j'étais Maigret sorti du Quai des Orfèvres. Un peu plus et je lui dis de ne pas s'en faire. Tout pour qu'il ne nous fasse pas remarquer. On n'en finit pas d'entrer dans le restaurant, des fournisseurs, des employés. Du moins, j'imagine, puisqu'il n'est que quatre heures.

— Suivez-moi, finit-il par me dire. Mais je vous en prie, attendez que nous soyons seuls avant de parler. Il y a deux Marseillais qui travaillent ici.

Je me retiens de lui apprendre que j'ai justement passé la nuit avec la femme de l'un de ces Marseillais, qu'elle m'a même dévoilé qu'elle aimait le tromper. Il m'entraîne dans une petite salle attenante aux cuisines où l'on entrepose des caisses d'aliments. Au début, j'ai craint qu'un rat n'apparaisse, mais j'avais tort.

— Qu'est-ce qui lui prend de s'intéresser à moi tout à coup ?

— Elle aime tellement les bijoux. Elle me disait justement qu'elle en a perdu trois, il y a quatre ans. Des bijoux qui doivent bien valoir cinquante mille dollars maintenant. Canadiens, les dollars, évidemment. Tu ne les aurais pas par hasard ?

— Qu'est-ce que vous voulez dire ? Et puis je ne vous ai pas accordé la permission de me tutoyer.

— Écoute, mon gros, tu connais peut-être mal la justice américaine. Sais-tu que d'être *pusher* est un crime ? Surtout en Louisiane. Alors à ta place...

— Ça ne vous regarde pas.

— Qu'est-ce que tu as fait des bijoux ?

— Il y a longtemps que je ne les ai plus.

— Donc, tu admets ? Ta mère qui se demandait si elle ne les avait tout simplement pas égarés. C'est tellement grand, un cœur de mère !

— Si tu la connaissais vraiment, tu parlerais autrement.

— C'est toi qui me tutoies maintenant.

— *Fuck off !* Elle ne m'a jamais aimé, la vieille maudite ! Bien trop occupée à recevoir des hommes, à tromper mon père, pour s'intéresser à moi. Le psychiatre me l'a dit, c'est sa faute si...

— Si tu aimes les hommes ? Dis-le si ça te fait du bien.

— Elle le sait ?

— Mais non, mais non ! Ça se voit, figure-toi.

— Elle passait son temps à me parler des

filles. Comme si je devais absolument élever une famille.

— Elle t'aime tellement, si tu savais !

— Qu'est-ce que t'en sais ?

— On se parle beaucoup. Elle voudrait que tu reviennes à Montréal.

— Qu'elle n'y compte pas. Je suis bien ici.

— Ton père va mourir, Antoine.

— *Who cares* ? Quant à moi, il peut toujours crever. Juste bon à faire de l'argent. Elle a compris rapidement, la bonne femme ! Le père, c'est une *slot machine*. Mais toi, qu'est-ce que tu fais là-dedans ?

— Mettons que je suis un ami de la famille.

— Laisse-moi rire ! Elle les prend de plus en plus jeunes, alors. Tu as à peu près trente ans ?

— Il n'est pas question de ça.

— Il est question de quoi, alors ?

— De ton père qui agonise. Il paraît qu'il te réclame.

— Donne-moi un peu de temps pour y penser. Le restaurant va ouvrir dans quinze minutes, les tables ne sont pas prêtes. Je vais me faire engueuler.

— Surtout que tu n'as pas de permis de travail.

— Mêle-toi de ce qui te regarde !

— Le vilain ! Le gros vilain !

— Attention, si je me fâche...

— Tu ne peux pas te fâcher, mon gros. Réfléchis plutôt. Mais pas trop longtemps. Je reviendrai demain soir.

114

— Si tu veux qu'on se parle, surtout pas de menaces ! Je ne suis pas un enfant.

Il s'est produit dans l'immense masse de chair un branle-bas inquiétant. Des gouttes de sueur perlent sur son front précocement ridé. Sa chemise blanche est déjà mouillée aux aisselles.

— Qu'est-ce que tu fais quand tu es bien fâché ? Tu manges trois poulets d'affilée ou tu te branles ?

Je le dis tout net, j'ai regretté aussitôt d'avoir été si cruel. Cette vulgarité de langage ne me ressemble pas. Camille ne comprendrait pas mes écarts, elle qui m'invite à m'« allonger » près d'elle plutôt qu'à « baiser ». Elle veut tellement que j'aie de la classe.

— Mon écœurant ! réplique Antoine, qui a bien pris trois kilos depuis le début de notre conversation. L'angoisse le fait grossir.

— À demain soir, neuf heures. Retiens bien que je ne suis pas très patient et que ta mère t'aime.

Imaginez que vous lisez un roman policier. Vous ne seriez certes pas très heureux que le narrateur vous dévoile la clé de l'énigme. Pour cette raison, je ne vous dévoilerai pas ce qui s'est déroulé dans ma tête pendant que je buvais une bière ce soir-là au comptoir d'une buvette de la sempiternelle rue Bourbon. Faire plus de trois heures d'avion pour aboutir à ce dépotoir ! Vous dire à quel point elle me déplaît, cette rue étroite remplie de flâneurs qui ont pour caractéristiques d'être obèses, de parler fort, de boire beaucoup et de sentir mauvais. On a ouvert les battants de la fenêtre du petit bar où je suis. Le chanteur-pianiste, qui se nomme Al Broussard, rit sans arrêt comme s'il était déjà au paradis. Peut-être est-ce un blues qu'il vient de jouer. C'est du moins ce que prétend Alice, ma Marseillaise, qui se serre contre moi malgré la chaleur. Pris par des pensées qui m'entraînent à Cape Cod, je ne songe plus vraiment à la musique de toute façon. Si je souris tellement à ma compagne, ce n'est pas que je la trouve aussi belle que je le prétends, mais parce que je sais que je tiens de moins en moins à ramener Antoine à sa maman. Les enfants prodigues, je les supporte mal. Surtout ceux qui ne respectent pas les coffrets à bijoux.

On ne peut pas dire qu'il y ait foule au restaurant ce soir. La moitié des trente tables sont occupées. On mange en silence ou presque. Peu de vin, mais des apéritifs sucrés qu'on engloutit tout au long du repas. Quand je suis entré, Alice m'a souri. Derrière son comptoir, elle a fière allure. Presque belle. Avec elle, je n'ai pas perdu de temps. Trois heures après m'avoir rencontré, elle était dans mon lit, me racontant tout sur Antoine. Sacré Antoine ! À le voir rouler entre les tables avec célérité, remplir les verres d'eau, desservir, mettre les couverts, on ne dirait vraiment pas qu'il héritera bientôt. Il s'approche justement de moi, la mine effarée. Je croyais qu'il me ferait languir un peu pour la forme.

— Je préférerais qu'on ne se parle pas ici.

— Où veux-tu aller ? Au *Preservation Hall* ou dans un boxon ?

— Viens chez moi.

— C'est loin, chez toi ?

— En banlieue. Une demi-heure en auto. *Chef Menteur Highway*, ça te dit quelque chose ?

— Aucune idée. À quelle heure tu termines ton service ?

— Sais pas. C'est jamais pareil.

— Écoute, mon gros, je t'attends à mon hôtel. Le Hyatt.

— *And if I don't show up ?*

— J'irai te chercher. Ou la police ira te chercher. Je viens d'apprendre que tu as déjà eu des problèmes avec la brigade des mœurs. Ça m'inquiète. Et puis ta mère aurait tellement de chagrin si elle l'apprenait.

— Mon p'tit tabarnac !

— Attention, Antoine, la plupart des clients ici pensent que tu es français. Moi, j'ai l'esprit large, ça ne me gêne pas beaucoup que tu prêtes ta maison à des prostituées, que tu t'en serves aussi pour inviter des mineurs à des partouzes. Ta mère...

— *Forget it !*

— Imagine le pire. Si par exemple je ne

117

pouvais m'empêcher de révéler à la police que le jeune adolescent dont on a trouvé le cadavre en bordure du cimetière Saint-Louis a déjà vécu avec toi. Qu'il s'appelait Kim. Il y a eu aussi Manuel, puis Ian.

— Je n'ai jamais entendu ces noms-là.

— Ce sont des prénoms, mon gros. Les noms, je les ai aussi. Mais ne parle pas si fort. Tu as un tout petit filet de voix, mais tu le maîtrises mal.

— En tout cas, je ne connais pas ces gars-là. Avec mon salaire, je ne pourrais faire vivre qui que ce soit.

— Tu sais très bien pourquoi tu continues à travailler ici. Les contacts. Je t'approuve. J'aime bien voir que des petits entrepreneurs de chez nous réussissent aux États-Unis. C'est comme mon frère qui a un motel à Fort Lauderdale, je l'encourage, je lui envoie des clients.

— Mais qu'est-ce que tu me veux ? Que j'aille voir mon père avant qu'il meure ? Pas question. Je peux lui téléphoner si tu veux. Mais pas plus.

— Ce que je veux ? Je vais te le dire tout à l'heure. Chambre 326. Attends, je vais transcrire le numéro sur un bout de papier. Surtout viens seul. Tes amis me feraient peur. Pas de mon monde. Je me suis acheté un petit silencieux. Les villes américaines sont si peu sûres, on ne sait jamais à qui on a affaire. Et puis demande donc au garçon de m'apporter l'addition. À bien y penser, je n'ai pas tellement faim.

118

— Demande-le-lui toi-même.

— Antoine, tu me fais de la peine !

Le gros garçon disparaît en direction des cuisines. Mangera-t-il encore un morceau ? Je me lève aussitôt, après avoir laissé quelques billets sur la table. Bien plus qu'il n'en faut. Quelle importance puisque Camille ne lésine pas sur la note de frais ? Quand je suis passé près d'Alice, elle m'a jeté un regard éperdu. Je lui ai souri en toute discrétion. J'ai marché jusqu'à l'hôtel, en maudissant une fois de plus la rue Bourbon. Les touristes me paraissaient de plus en plus obèses. J'éprouvais le désir de les dégonfler. Il n'était pas possible que la graisse seule remplisse ces peaux énormes. Un trombone jouait *When The Saints Go Marchin' In*, un jeune Noir dansait avec des souliers ferrés au centre de la rue, un marchand ambulant proposait des hot-dogs et moi je songeais à la prochaine saison de l'Orchestre symphonique où il me faudrait accompagner Camille. Accompagner n'est peut-être pas le mot approprié puisque je dois m'asseoir à une dizaine de rangées d'elle. Le supplice pour moi n'est pas d'être séparé de Camille mais d'écouter de la musique sans bouger. Surtout que Bach n'est pas souvent au programme. Je ne suis pas sûr qu'elle aime tellement la musique, mais elle est d'avis que dans la vie il faut faire une place au culturel. Elle dit que le classique, il n'y a que ça. La belle musique la repose. De quoi ? Je vous le demande.

J'admets bien volontiers que le chantage est une vilaine habitude. Trop répandue, elle serait dangereuse pour l'ordre social. Maniée avec tact à l'endroit d'êtres retors, elle s'avère tout à fait morale. Foncièrement, je suis honnête. Par exemple, si j'accepte que Camille subvienne à mes besoins, c'est pour lui faire du bien. Grâce à des jeunes gens comme moi, des dames moins fraîches dans son genre éprouvent plus longtemps les extases de l'amour physique. Nous leur procurons par notre simple présence des élixirs de jeunesse. Elle boit mon jeune sang, ainsi qu'elle l'a écrit dans un poème qu'elle a fait publier dans une petite revue qu'elle subventionne. Il est évident que j'ai fait plus pour elle que son mauvais fils. Aussi m'est-il facile d'admettre qu'Antoine est une crapule sans enver-gure que je peux exploiter à loisir.

Il s'est présenté à ma chambre d'hôtel à l'heure indiquée. Pour le mettre en confiance, je l'ai reçu en pyjama. Le superbe, en soie bleu pâle, que Camille m'a offert à Pâques. Avec son T-shirt délavé et son pantalon élimé aux genoux, Antoine avait l'air de ce qu'il est, un gros garçon qui dessert les tables dans un mauvais restaurant français tenu par des Italiens. Il a refusé le verre de cognac que je lui offrais.

— Ça t'embête de travailler si tard le soir ? ai-je demandé d'entrée.

— Ça te regarde ?

— Te fâche pas, mon tout petit ! ai-je répliqué
un peu méchamment. Je l'ai regretté aussitôt. Ce
n'est pas parce que je suis bien de ma personne que
j'ai le droit d'humilier les autres. Comme dit
Camille, Dieu peut m'enlever ce qu'il m'a donné.

— Tu n'as pas honte de chercher à me faire
chanter ? Je te l'ai dit, je n'ai pas d'argent.

— Mais tu en auras. Et dans pas longtemps.

— T'as lu le testament ?

— Si je l'ai lu ! C'est un de mes amis qui l'a
rédigé. Tu vas hériter d'à peu près cinq cent mille
dollars. Il me semble que si tu n'étais pas mesquin,
tu songerais un peu à moi.

Antoine me regardait comme si j'étais son
rédempteur. Jamais son visage glabre ne m'avait
paru si rond.

— T'es sûr de ce que tu dis là ?

— Le notaire m'a donné une copie.

— Si je ne signe pas tes petits papiers, tu perds
donc toi aussi pas mal d'argent.

— Mais je ne risque pas la chaise électrique.

— Je n'ai tué personne, *for God's sake* !

— Tu n'as peut-être tué personne, mais quand
les choses sont un peu embrouillées, les juges ne se
donnent pas la peine d'avoir des preuves irréfu-
tables. Surtout quand on est comme toi, une gouape
en situation irrégulière. Si j'appelais la police tout
de suite, ton père aurait le temps de te déshériter. Il
a encore sa conscience. Camille, je veux dire ta

bonne mère, ne serait pas difficile à convaincre. Un fils qui l'a abandonnée de façon si lâche en vidant le coffre-fort.

— En somme, je n'ai pas le choix. Ou nous divisons l'héritage ou tu me dénonces ?

— Brillante déduction.

— Je peux réfléchir ?

— Non. Il n'est pas question que ma note de frais soit trop élevée. J'ai de la décence.

— De la décence, toi, tu veux rire ?

— Tu vas t'installer à la petite table là-bas. J'ai du papier. Du beau vélin. Un stylo. Tu vas écrire ce que je vais te dicter. Applique-toi. C'est important. Comment es-tu en orthographe ? J'ai horreur des fautes. Je préférerais renoncer à ma part plutôt que d'accepter un texte mal rédigé.

Maintenant que tout s'est effondré, il ne me reste plus que le souvenir d'une ville que je déteste. Le *French Quarter* ! Je vais leur en faire une publicité, moi, au *New Orleans State and City Tourist Center* ! Il s'est bien vengé, l'Antoine. Pas si andouille que je croyais. Il avait glissé mot de mon existence à ses amis. De gentilles brutes qui m'ont tabassé dans ma chambre d'hôtel même. Un coup à la porte. Je crois qu'il s'agit de mon petit déjeuner. C'est un colosse qui me donne un coup de genou dans l'estomac. Ce qui s'est passé par la suite, je ne peux que l'imaginer. J'avais bien dissimulé le document signé par Antoine dans ma doublure de veste, mais ils ont tout éventré. Peut-être est-ce Alice qui a tout raconté ? J'étais si fier de mon exploit et elle buvait mes paroles. Ils ont poussé la sollicitude jusqu'à déposer un peu partout dans ma chambre des sachets de cocaïne et quelques seringues. J'ai été accusé de trafic. La plainte que j'ai déposée contre Antoine n'a rien donné puisqu'il avait quitté son travail. Deux semaines plus tard, son immense corps flottait sur le Mississippi du côté du port. À bien y penser, mon sort est peut-être préférable. Sous les verrous, à songer aux erreurs que j'ai commises. Il ne faut jamais mésestimer les gros. Mais pourquoi Camille ne m'écrit-elle pas ? Elle n'ouvre même pas mes lettres. Qui donc m'a remplacé auprès d'elle ? Je ne la regrette pas tellement au fond. Elle faisait quand même trop d'embonpoint. Et puis, à la visite, Alice est si gentille. Elle m'affirme que je pourrai travailler au restaurant dès ma sortie de prison. Dans cinq ans. Cette perspective m'aide à supporter la nourriture du pénitencier, la vulgarité de mes compagnons. Une fille dans son genre a-t-elle pu me trahir ? Je la trouve un peu maigre. Est-ce le remords de m'avoir dénoncé à ces truands qui la tenaille ? Elle aime Bach, elle me l'a dit. Nous serons heureux, un jour.

LE GÂTEAU

Un autre anniversaire. Ils lui demanderont de souffler les bougies. Elle fera mine d'être étonnée. Son fils a déjà l'air d'un petit vieillard engoncé dans son col. Pourquoi se sent-il obligé de susurrer quand il s'adresse à elle ? Il devrait savoir qu'il a été créé dans le délire. Que sa mère n'a jamais pensé à l'éventualité de sa venue au monde pendant que la jouissance la traversait. Ne sait-il pas non plus qu'elle ne digère pas les gâteaux à la crème ?

LA DESCENTE

*J'étais à la montée de la vie, et avec
quelle imagination de feu ne me figurais-je pas les
plaisirs à venir ?... Je suis à la descente.*

Stendhal

I

Je n'ai jamais réussi à écrire en vacances. La
plupart du temps, je me serais passé de repos. Ce
sont les femmes qui m'ont contraint à l'inaction.
« Les femmes », ai-je avancé un peu rapidement. Je
vis avec Marie-Andrée depuis vingt ans. Elle n'a
jamais insisté pour que je m'étende sur le sable à ses
côtés.

Je suis seul dans cette chambre d'hôtel, face à
la mer. Pourquoi ai-je choisi Saint-Malo ? Le souvenir d'un voyage avec Marie-Andrée assurément.
Je viens d'avoir soixante ans. Des quelques romans
que j'ai publiés, je ne me rappelle presque rien.

Parfois, ils me semblent le fait d'un inconnu. J'aurai donc été ce romancier déterminé qui tapait jusque tard dans la nuit, prêt à tous les sacrifices pour se créer une niche. Je sors à peine d'une longue période de doute.

Mais en suis-je sorti ? Je sais trop bien que je peux retomber dans mon désarroi à tout moment. Marie-Andrée a décidé qu'une séparation temporaire nous serait bénéfique. Je n'ai rien fait pour la retenir même si je savais que je souffrirais de la situation. Je n'étais tout simplement pas capable d'un geste de possession. Comme s'il était dans l'ordre des choses qu'elle me quitte un jour. Nous nous sommes revus toutes les semaines. Au même restaurant. Je ne vivais que pour ces retrouvailles, redoutant d'avance le moment du départ. Marie-Andrée pleurait, je réussissais parfois à retenir mes larmes. Elle m'assurait qu'elle viendrait bientôt habiter avec moi de nouveau. Pourtant sa garde-robe se vidait de plus en plus. Chaque fois que nous nous voyions, elle me demandait d'apporter une jupe ou un tailleur qu'elle avait laissés derrière elle.

Je dois ajouter que j'ai choisi Saint-Malo parce que mon fils enseigne à Rennes. Marc est bio-physicien. Je ne l'ai pas vu depuis un an au moins. Peut-être a-t-il changé. Il est impossible qu'il ne reste rien de l'être merveilleux que j'ai accompagné à Mirabel, une soirée pluvieuse d'août. J'aime mon fils à un point que je ne saurais décrire. Il m'apporte une paix que je ne tente même pas de trouver ailleurs. Marie-Andrée ne s'en formalise pas.

Si j'écris malgré tout, malgré le départ de ma femme, malgré la hâte fébrile qui m'habite à la pensée de revoir Marc, c'est que je veux à tout prix éviter de sombrer dans la mélancolie. Les mots, je ne connais que ça, et modestement encore. Qu'on ne me demande pas de vivre. De la terrasse privative où je me trouve malgré le temps maussade, je regarde la plage où dans une heure à peu près je verrai les touristes profiter de la marée basse pour visiter le tombeau de Chateaubriand. Il a cessé de pleuvoir, mais le vent s'est levé. « Le beau temps est revenu », a proclamé le gérant de l'hôtel. M. Lartigues craint que le mauvais temps ne me fasse écourter mon séjour. Il est originaire de Montpellier et se plaint sans cesse des méfaits de la récession économique. Je l'ai rassuré. Je ne suis pas du genre à m'agiter comme ces mouettes qui tournoient au-dessus de ma tête.

Hier soir, je me suis endormi à l'endroit même où je suis, étendu sur mon transat. J'avais regardé fixement le ciel. Des nuages s'étaient formés qui, à l'aide du soleil couchant, m'avaient fait penser à une aquarelle de Turner ; d'autres m'avaient rappelé des paysages chinois. Pour la première fois peut-être, je me sentais un peu détendu. Marie-Andrée aurait aimé me voir sourire, elle qui, parfois, n'en peut plus de me sentir si triste. J'avais revu son visage toujours émouvant pour moi et m'étais mis à croire que dans quelques semaines elle me reviendrait.

Je ne suis pas facile à vivre. Combien de périodes dépressives ai-je traversées dans ma vie ? Je ne sais plus. Déjà Danielle me reprochait mes trop nombreuses stations au lit, à contempler le plafond. C'était à l'époque où j'éprouvais encore un certain contentement à me retourner sur mon passé. Comme si j'estimais que de ruminer le temps qui passe pouvait m'accorder une certaine profondeur de vue. Depuis longtemps je sais que seul le sommeil me calme aux moments d'intense angoisse. J'évoque ces instants de ma vie sans y attacher d'importance. Il ne me serait d'aucun secours d'apprendre que certains êtres partagent mon inquiétude.

Marie-Andrée sentait parfois venir ces jours de déprime. Elle me câlinait, se faisait plus attentive. À ses côtés, je devenais pour quelques jours un enfant. Je lui en étais reconnaissant, me disant que la vie sans elle ne me serait pas imaginable. Je ne lui cachais pas ma gratitude. Je savais que bientôt elle se lasserait de mon défaitisme, qu'elle sentirait un besoin irrésistible de rire, de s'amuser. Elle finirait par m'abandonner à ma tristesse. Je la comprenais d'emblée. Tant mieux si je parvenais encore à lire. Écrire, je m'en chargeais. Surtout s'il s'agissait d'une commande. La volonté aidant, je parvenais à terminer les enquêtes dont on me chargeait au journal et à rendre mes textes dans les délais prescrits.

Je m'enfermais dans mon mutisme. Marie-Andrée ne pouvait manquer de remarquer mes absences. Je n'étais jamais tout à fait là. Elle ne s'en offusquait pas. Comme s'il allait de soi que je fusse ailleurs. Marie-Andrée n'acceptait pas mes fuites, mais rien ne me laissait croire qu'elle en souffrait.

Un jour, une jeune femme que je venais d'interviewer me fit une remarque qui montrait qu'elle avait percé ma carapace. Nous sommes allés prendre un verre à un bar près du journal et je me suis efforcé de la faire parler. J'ai appris qu'elle venait de rompre avec son compagnon. Pendant une quinzaine de minutes, je me suis amusé à croire que je pourrais avoir une relation avec cette femme, de trente ans ma cadette. Elle avait les yeux marron, un sourire très doux et ne semblait pas attacher trop d'importance à mes cheveux blancs. L'illusion ne dura pas. Il avait suffi qu'elle me parle d'un chanteur à la mode pour que je me souvienne de mon âge. Mon domaine était dorénavant celui des souvenirs.

De ces préoccupations, Estelle ne sut rien. Peut-être se rendit-elle compte de mon détachement. Elle le mit peut-être au compte de ma froideur. La tristesse des autres nous fait peur. Mes livres ne sont pas gais. Je n'y peux rien. Je suis plus triste qu'eux.

Marie-Andrée rentra tard, ce soir-là. J'avais refusé de l'accompagner à un récital de piano. À son habitude, elle n'avait pas insisté. Toute la soirée, je m'étais reproché mon attitude. Même en présence d'Estelle, je ne songeais qu'à ma femme. Je m'en voulais de ne pas l'avoir accompagnée. J'ennuyais cette Estelle autant qu'elle m'ennuyait. Comme à l'accoutumée, Marie-Andrée avait enlevé ses chaussures dès l'entrée, s'était frotté les chevilles puis m'avait dit que nous devions nous parler. À son air, je sus qu'elle était sérieuse. Je ne tardai pas à apprendre qu'une séparation provisoire lui paraissait souhaitable.

J'étais atterré. Déjà il m'arrivait, rentrant du journal et trouvant l'appartement vide, de me sentir désemparé. Comment allais-je me débrouiller avec la solitude ? Puisque certains jours seule l'arrivée de Marie-Andrée m'apportait un certain répit. Elle jouait alors à n'être qu'une ombre pour ne pas me déranger ou, à l'inverse, m'étourdissait de ses propos. Elle me parlait d'un étudiant qui l'avait invitée à déjeuner. Tu n'es pas jaloux, au moins ? Ce n'est pas qu'il me trouve irrésistible, tu sais. Il croit qu'il obtiendra de meilleures notes. Tu veux savoir son sujet de thèse ? « Benjamin Constant et la fausse confession intime ». Je ne t'embête pas ? Excuse-moi, j'ai besoin de te parler. Au journal, quoi de neuf ?

Depuis longtemps, rien de neuf. À moins

qu'on ne commette un assassinat sous mes yeux, je n'aurais rien vu. Pendant six mois, je n'aurai rien vu, rien fait. Ma vie a été comme suspendue. Ce n'est pas la première fois que j'ai cette impression. La crise était plus grave peut-être. J'avais la crainte de sombrer.

Le long de la promenade, de nombreux couples déambulent. Je ne vois qu'eux. Beaucoup sont âgés. Bientôt j'aurai leur âge. Je parviens sans peine à m'imaginer alors. Écrirai-je toujours ? Ou ne serai-je qu'un être qui se souvient ?

Je me suis remis à un roman. Malgré tout. J'aimerais y dire la chance que j'ai eue de vivre. Célébrer la beauté de Marie-Andrée. Dire la joie que je ressens quand je retrouve Marc après une absence prolongée. Mon abattement des derniers temps est derrière moi. Je ne veux que renouer avec la vie.

Les premières semaines, j'ai erré dans l'appartement. Tous les deux jours, je téléphonais à Marc. Il devait bien se demander ce qui me poussait à le talonner ainsi. Je prétendais que j'écrivais un article sur la bio-physique. Je ne suis pas sûr qu'il m'ait cru. Qu'importe, puisque j'entendais sa voix. Je savais que le récepteur raccroché, je songerais avec mélancolie aux années de sa petite enfance, aux jours de bonheur avec Danielle, mais pour l'instant j'étais soulagé. J'entendais la voix d'un être si cher et j'étais bercé de réconfort et de tristesse. Plusieurs fois, j'ai tenté d'expliquer à Marie-Andrée le besoin que je ressentais d'entendre la voix de mon fils. Sans succès. Elle était avec lui tout à fait correcte, mais il lui rappelait une partie de ma vie dont elle était exclue. Du moins est-ce ce que j'ai imaginé.

II

Il n'a pas cessé de pleuvoir de toute la journée. Après de brèves éclaircies, une pluie fine se mettait à tomber pendant une vingtaine de minutes. Le crachin ne nous a pas empêchés de nous balader sur la promenade. Marc ne m'a jamais paru si grand. Il marche d'un bon pas, j'avais peine à le suivre. Il portait un imper bleu que je ne lui connaissais pas. Tout à l'heure, il m'a complimenté au sujet d'un tricot que la fraîcheur inaccoutumée du temps m'a forcé à revêtir.

— Je l'ai acheté hier. Je n'ai pas remarqué l'étiquette. « Made in England », regarde.

— Avec une casquette de marin, tu serais parfait, commente-t-il, sourire aux lèvres.

Je donnerais tout pour ce sourire. Je m'efforce d'oublier que nous devrons nous séparer dans quelques heures. D'y penser me ferait venir les larmes aux yeux. Ces jours-ci je pleure facilement. Il suffit que je pense au passé. N'importe lequel.

— Isabelle, comment elle va ? Elle se débrouille bien à Rennes ?

Je sais qu'elle a eu quelques difficultés d'adaptation. Elle a peu voyagé et se serait bien contentée de leur bungalow de Laval. Je m'informe d'Isabelle et j'entends ma mère s'informer de Danielle. Ma mère est morte depuis longtemps. Danielle vit quelque part aux États-Unis.

— Ça va mieux maintenant. Les enfants se sont fait des amis. Isabelle aussi. Elle y a mis du temps. Au début, c'était un peu inquiétant. Elle ne se lie pas facilement.

— Et toi ?

— Le travail prend tout mon temps. Je ne songe jamais au moment où il nous faudra rentrer. Il en serait tout autrement si Isabelle était malheureuse. Elle m'assure que tout va bien et je la crois. Je m'apercevrais de quelque chose. Tu sais, elle s'est inscrite à des cours sur l'histoire de la musique. Et elle s'est remise au piano.

— Elle est toujours aussi belle ?

— Plus belle que jamais. Elle a laissé allonger ses cheveux. Je te montre une photo.

Il s'arrête, ouvre son porte-billets. La mer est devenue plus violente. Il pleut à peine. Je décide de replier mon parapluie. Un navire se dirige vers le port. Il me semble que c'est un navire de plaisance. Le goût me prend d'une croisière. Marie-Andrée m'accompagnerait. Marc me tend la photo, que je regarderai dès que nous serons à la hauteur du prochain lampadaire. C'est vrai qu'elle est magnifique.

Et jeune. Marc est jeune. Je lui dis que sa femme est belle.

— C'était son anniversaire dimanche, fait-il.

— Comme d'habitude, j'ai oublié. Si Marie-Andrée avait été là...

— Elle lui a envoyé un mot justement.

— Et Danielle ?

— Maman a téléphoné comme elle le fait toujours.

— J'aurai été le seul...

— Ce n'est pas grave. Elle ne tient pas tellement à ce qu'on lui rappelle qu'elle vient d'avoir trente ans.

— Elle a déjà trente ans. Et toi ?

Cinq ans de plus, évidemment. Pourquoi ai-je posé la question ? Je ne sais pas. Peut-être parce que je suis bouleversé de constater une fois de plus que Marc aime sa femme. Pas une certitude. Plus on avance dans la vie et moins on se sent apte à trancher. Que sais-je de cet homme, mon fils ? Il est évident que je mourrai sans avoir eu les conversations que j'aurais souhaitées. Il est à mes côtés, j'ai attendu ce rendez-vous depuis des mois, et qu'est-ce que je trouve à lui dire ? Des banalités. Il est beaucoup plus pudique que moi. Il ne m'a jamais demandé pourquoi j'avais abandonné sa mère, il y a si longtemps ? À peine se montre-t-il réservé avec Marie-Andrée. Elle ne souffre pas de son attitude. Mais il a dû être secoué à l'époque par mon départ

136

précipité. Je l'imagine parfois, me réclamant. Trop tard. J'imagine aussi Danielle furieuse, ses cris, ses pleurs. Et moi, croyant une fois de plus à un bonheur possible. J'avais raison puisqu'il s'agissait de Marie-Andrée. Devant un enfant on ne peut rien expliquer. Qu'aurais-je pu avancer pour ma défense ? Pas question de dire qu'une femme représenterait dorénavant pour moi l'unique rempart contre le passage du temps. Il ne pouvait comprendre que Marie-Andrée était amoureuse de moi alors que sa mère n'était plus qu'une ombre que j'apercevais à peine. Même maintenant, le long de la promenade, alors qu'il fait très frais et que les promeneurs se font rares, je n'oserais pas avouer à mon fils que les rapports sexuels ont toujours été de première importance pour moi. Les femmes que j'ai connues ne l'ont jamais tout à fait compris. Venait toujours une époque où j'avais la certitude qu'elles ne faisaient l'amour que pour me faire taire. Ou pour me donner vie. C'est tout comme. Marie-Andrée pourtant m'a quitté à un moment où ma libido était en berne. Je ne la désirais plus. Je ne souhaitais que sa présence. Elle en était agacée. Je la comprends. Pas facile de vivre avec un homme défait.

— Tu n'as besoin de rien ?

— L'argent ? Nous vivons très bien.

— Le coût de la vie ici me semble tellement élevé.

Je me demande pourquoi je lui ai posé cette question. C'est plutôt lui qui pourrait m'avancer quelques dollars. Je n'ai jamais eu de revenus stables. Mes crises de mélancolie n'arrangent rien. Combien de projets n'ai-je pas abandonnés à la suite d'un coup de tête. Soupe au lait, inconstant, d'une versatilité déconcertante. Alors que Marc a toujours suivi une ligne droite.

— Écoute, papa, pourquoi tu ne rentres pas au pays ? Tu sais très bien que tu ne peux pas vivre seul. Marie-Andrée ne demande pas mieux que de te retrouver. Ce n'est pas parce qu'elle est partie que tu dois t'entêter à rester sur tes positions.

— Mais je n'ai pas de positions. Je ne veux pas l'obliger, tout simplement.

— Regarde-toi, tu ne vis pas.

La pluie se remet à tomber. Nous sommes près de l'hôtel. J'invite Marc à prendre un cognac. Il refuse à cause de la route. À ce qu'il paraît, on est de plus en plus sévère. Je le convaincs d'accepter un quart Vittel.

— Non, je ne vis pas.

C'est tout ce que je réussis à lui dire. Le patron de l'hôtel n'est pas très en verve. Il n'a même pas parlé du temps maussade. Il est vrai que Marc l'a peut-être intimidé. Mon fils ne se lie pas facilement. Pas comme moi. Je le regarde de guingois. Je le trouve de plus en plus émouvant. Je me sens responsable de son bonheur. Il voit que j'ai la larme à l'œil et fait mine de ne pas s'en apercevoir. La pluie est violente. Je me mets à souhaiter qu'il ne rentre pas à Rennes ce soir.

III

Cette nuit j'ai rêvé que j'avais payé un truand pour qu'il me descende. Proprement. D'une balle de revolver en plein cœur. Je lui avais versé cinq mille dollars d'avance et déposé la même somme dans un compte bancaire qui ne lui serait accessible qu'une semaine après ma mort. L'homme s'était enfui sans accomplir son geste. J'étais humilié de m'être fait rouler. Sensation d'autant plus pénible que, ne souhaitant plus mourir, je craignais qu'il ne réapparaisse pour exécuter son crime. Je me réveillai en sueur. Cela m'arrive de plus en plus fréquemment.

Marc est parti à deux heures. Deux heures du mat', pour reprendre ses paroles. Il a adopté certaines expressions françaises qui m'étonnent toujours. D'autant que son accent québécois s'est à peine modifié. Rien à faire avec les dentales, les « an » et les « i ». À part les « a » moins accentués, il me semble être encore en présence de l'adolescent qui me disait d'un air convaincu que la science avait décidément remplacé la littérature et qu'il en ferait son occupation exclusive. Je n'avais rien fait pour qu'il tempère ses affirmations. La littérature m'était refuge et m'avait sauvé de bien des naufrages, mais je ne m'attendais pas qu'elle remplisse le même rôle auprès de mon fils. Pour le taquiner, j'avançais qu'il était trop intelligent pour prendre le temps d'écrire des romans qui auraient une vie éphémère. S'il insistait, je disais aussi que pour écrire il fallait une sensibilité maladive dont il était dépourvu.

Nous avons parlé longuement dans le salon qui fait face à la mer. Le temps s'était adouci. Il ne pleuvait plus. À minuit, le patron s'était excusé. Une bouteille d'armagnac avait été laissée à notre disposition. Je n'avais qu'à signaler au matin le nombre de nos consommations. Nous n'avons pas eu recours à l'alcool. Nous avons parlé comme jamais nous n'avons parlé.

Marie-Andrée s'est toujours étonnée de ce que nous soyons si proches. Après tout, me disait-elle parfois, tu as été longtemps sans le voir. Elle avait raison. Sept ans sans presque donner de mes nouvelles. À part les anniversaires ou les fêtes, j'étais absent de sa vie. Puis tout à coup, il m'a semblé que je devais réapparaître. Danielle s'est moquée de moi, puis s'est rendue à l'évidence. Tardivement, je devenais un père attentif. Je parvenais même sans trop de difficultés à affronter sa mère, une femme que je m'étais juré d'ignorer désormais.

— Maman ne veut pas que je t'en parle, mais il est préférable que tu sois au courant. Elle est très malade. Le cancer.

— Elle en a pour longtemps ?

— Un an tout au plus. J'essaie de la convaincre de venir habiter avec nous. Elle refuse. Par crainte de nous déranger.

— Elle travaille toujours ?

Je ne sais pourquoi j'ai évoqué cet aspect des choses. Danielle n'a jamais vraiment travaillé. À l'époque, il lui arrivait de se rendre à une galerie de la rue Sherbrooke où elle faisait office de préposée à l'accueil. La peinture est la seule occupation que je lui ai jamais connue. À l'appartement, j'ai encore quelques encres et une aquarelle qu'elle m'a léguées lors de la rupture. Pour que tu te souviennes de moi, avait-elle dit en souriant méchamment. Il y a bien longtemps que je ne songe plus à ces jours d'hostilité. Je n'ai pas revu Danielle depuis au moins dix ans.

— Tu ne la reconnaîtrais pas.

— Elle a beaucoup maigri ?

— Tu ne la reconnaîtrais plus. Elle ne sourit jamais. Tu te souviens comme elle était gaie. Elle me tient au téléphone pendant des heures. J'ai beau lui rappeler que les appels outre-mer coûtent cher, rien n'y fait. Elle a besoin de parler. Parfois j'ai peine à l'entendre.

— De quoi parle-t-elle ?

— Jamais de sa maladie. Du passé souvent. Elle me répète les mêmes anecdotes au sujet de mon enfance. Je me retiens de lui dire qu'elle me les a racontées cent fois.

— Elle a raison, tu sais. Moi aussi il m'arrive de retourner à cette période de notre vie. Nous nous aimions encore, ta mère et moi. Tu étais un enfant merveilleux. Facile à vivre. L'imbécile, c'était moi. Je ne m'apercevais de rien. Je croyais qu'il suffisait de te regarder vivre. À ce moment-là, je n'avais qu'une idée en tête : écrire. Ce que j'ai pu écrire ! Des pages et des pages que je ne détruisais pas toujours. Ma façon de vivre. Dans la joie parfois. Les désillusions arrivaient à leur heure. Il suffisait que le livre paraisse. Chaque fois, j'étais déçu. Il me semblait qu'on ne me comprenait pas. Je ramenais tout à moi. Pendant ce temps, ta mère s'éloignait. Je ne la voyais plus. Et toi, mon pauvre Marc, est-ce que je te voyais ? Pas sûr. Parfois, en y mettant beaucoup de soin, je t'imagine à trois ou quatre ans. Il a fallu que je me sépare de ta mère, que le temps passe, pour qu'enfin je m'aperçoive de ton existence. Pour ce qui est de ta mère, il n'y avait rien à faire. Notre amour était mort. J'aimais une autre femme, j'avais pris racine ailleurs. Alors, tant bien que mal, je me suis approché de toi. Tu as bien voulu m'accepter. Je t'en parle maintenant, parce que j'en ai le goût, parce que l'occasion ne se représentera peut-être plus. Pourquoi sommes-nous cette nuit à Saint-Malo ? Mais parce que je n'ai pas eu le courage de fuir trop loin de toi. Tu as eu la générosité d'entendre mon appel. Car je t'ai appelé, Marc. Je t'ai crié au secours. À ma façon. Ton père se sent bien seul.

Marc a porté un verre d'eau minérale à ses lèvres. Je ne l'ai pas regardé. Je crois que je craignais sa réaction. Lui, si doux, n'aurait-il pas la tentation de me mépriser ? J'étais si pitoyable.

— Je ne t'ai jamais imaginé autrement, tu sais. Je me souviens de voyages que nous avons faits ensemble. En Gaspésie, tiens, ça te dit quelque chose ? Vers 1967. J'allais à la plage avec maman. Tu restais sur la véranda de l'hôtel.

— Je lisais ?

— Ou tu écrivais. Quand nous revenions vers la fin de l'après-midi, je te racontais ce que nous avions fait. Les baignades, les châteaux de sable, les amis rencontrés. Même à ces moments-là, je savais que tu ne m'écoutais pas tout à fait.

— Je t'ai donc fait de la peine ?

— Pas du tout. Je devinais que tu ne pouvais agir autrement. Et tu étais si doux. Je ne t'en ai jamais voulu.

— Même quand je suis parti ?

— Je t'en ai voulu pendant quelques semaines.

— Quelques mois peut-être ?

— Je ne sais plus. Je n'acceptais surtout pas de voir maman pleurer.

— Parle-t-elle de moi parfois ?

— Rarement. Mais pourquoi ne pas oublier tout ça ?

Il a raison. Ce n'est pas sa faute si depuis quelques mois je ne vis que dans le passé. J'aurais pu

143

vivre avec Danielle. Il n'a suffi que d'une rencontre avec Marie-Andrée pour que tout bascule. Je croyais encore alors que l'amour transforme les êtres. J'ignorais que les femmes commencent par vous admirer et qu'elles découvrent petit à petit vos faiblesses. Certaines peuvent s'en accommoder. Pas Danielle. À certains moments, j'avais la certitude qu'elle me méprisait. Depuis la naissance de Marc, elle avait tenu à espacer nos relations sexuelles. Peut-être n'avais-je pas su m'y prendre ? Puisque avec Marie-Andrée j'ai abouti aux mêmes résultats. Et je suis là, à soixante ans, seul, réfugié à Saint-Malo, une nuit d'été, en conversation avec un fils qui serait parti depuis longtemps s'il n'avait senti chez moi tant de détresse. Au moins ai-je réussi à ne pas pleurer devant lui.

La pluie se remet à tomber. J'en suis rassuré. Marc ne partira pas tout de suite. On entend le tic-tac d'une horloge de fort mauvais goût, en porcelaine anglaise, sur laquelle on a dessiné des fleurs mauve pâle. Hier soir, je l'aurais brisée tant elle me semblait représenter le calme d'un intérieur bourgeois. Pourquoi ne pas oublier le passé ? m'a demandé Marc.

— Impossible pour moi. Je rabâche le passé sans arrêt. Ne crois surtout pas que je songe à ta mère comme à une ennemie. Je suis parvenu à un âge où le passé ne peut que faire mal. Nous avons eu des rêves communs. Ce n'est pas à toi que je dois démontrer l'enchantement de la vie à deux. Tu aimes Isabelle. Tu ne sauras jamais à quel point je suis heureux qu'il en soit ainsi. Je souhaite que toute ta vie se déroule ainsi, que vous sachiez vieillir ensemble. Je n'y suis pas parvenu. Je ne crois plus que Marie-Andrée me reviendra. Il m'arrive même de ne pas le souhaiter.

Marc triture une mèche de ses cheveux. Une habitude qu'il a dû acquérir au début de l'adolescence. Il me regarde avec une douceur qui me réchauffe. Un sourire à peine esquissé qui lui donne cet air de fraîcheur qui m'a tant séduit chez sa mère.

— Tu te fais peut-être une idée un peu fausse de la jeunesse.

— Je sais bien. L'une des vraies tragédies de la vie vient de ce qu'on ne s'aperçoit à peu près jamais de la signification de ce qui nous arrive. Ce n'est que longtemps après que l'on découvre que l'on a frôlé le bonheur.

— Maman me dit à peu près la même chose.

— Passé un certain âge, on devient essentiellement mélancolique. Tout s'est déjà passé. On est submergé par les morts.

Quand les amis ne sont pas morts, ce n'est guère mieux. Ils se sont tellement transformés que vous ne les reconnaissez plus. Plusieurs sont devenus raisonnables. Vous avez l'impression d'être le seul à laisser parler votre cœur, à écouter de la musique comme aux années de l'adolescence, à lire et à écrire comme si vous ne saviez pas que votre vie s'est presque déroulée. On vieillit aussi autour de vous. Mais personne n'en parle. À moins que la maladie ne se mette de la partie, les gens de votre âge se comportent comme s'ils ne ressentaient rien de l'angoisse qui vous étreint de plus en plus. Cet écrivain rencontré l'autre jour qui évoquait sans rire la survie de son œuvre. Le teint rose, le ton assuré, comme s'il était assuré de la pérennité de ses écrits. Et vous ? m'a-t-il demandé. J'ai bafouillé. Non, je ne savais pas. Au fond, ai-je fini par dire, je m'en balance totalement. Tout ce que je souhaite c'est de ressentir moins profondément l'écoulement du temps.

— Tu revois toujours Claude ?

— Il est à peu près le seul ami que je me reconnaisse. Pourtant parfois il m'ennuie. J'ai l'impression qu'il ne se renouvelle pas. Il pense sûrement la même chose de moi. Tout ce qui change chez lui, ce sont les femmes qu'il me présente. Je ne compte plus le nombre de ses liaisons. Il est parfois amoureux. La plupart du temps, il s'amuse. Je le regarde évoluer avec intérêt. Comme si je croyais qu'il pouvait m'apprendre ce que c'est que l'amour. Je suis à peu près persuadé que je n'ai demandé aux femmes qu'un certain apaisement. Je l'ai parfois obtenu. Les moments de crise m'ont toujours été insupportables. Quand Danielle ou Marie-Andrée me battaient froid, j'étais complètement anéanti.

Que je sois ou non responsable du désaccord. Incapable de vivre. Il me semblait que je cessais d'être,
tout simplement. Je suis le premier à admettre que
de vivre avec un homme terrorisé par l'idée de la
mort n'est pas tâche facile. Excuse-moi, Marc, de
t'offrir ce spectacle. Je voudrais tant ne pas te causer
de soucis. Tu as les tiens. Permets-moi de t'avouer...

Et je ne dis rien. Parce que je me trouve
ridicule. Marc vient de regarder une fois de plus sa
montre. Je ne vais tout de même pas le retenir
jusqu'au petit matin. De toute manière, le gérant de
l'hôtel ne doit pas être particulièrement ravi de
nous voir occuper son salon à cette heure.

— Je crois que je vais mettre les voiles.

Je prends sa main dans les miennes, la serre
fort. Comme si c'était la dernière fois. Depuis
combien d'années ai-je l'impression d'aller d'une
dernière fois à une autre ?

— C'était gentil de venir.

— Je voulais te voir, tu sais.

Peut-être va-t-il ajouter un mot au sujet de sa
mère ou de Marie-Andrée ? Il me parle plutôt d'Isabelle, m'invite de nouveau chez lui. Je remercie.
Non, je préfère rester seul.

Je l'accompagne à la porte, tire le verrou. Il fait
une remarque au sujet du temps frais, se dirige vers
son cabriolet. Je ne le quitte pas des yeux. Il ouvre
la portière, s'assoit, me fait un autre signe de la
main. Ayant poussé le rideau qui masque la porte,

je me dirige vers l'ascenseur. J'ai les yeux pleins d'eau.

IV

Il m'arrive de plus en plus souvent de songer aux premières années de la vie de Marc. Je me souviens qu'il pleurait souvent la nuit. Tout endormi, j'entrais dans sa chambre. Ce que je donnerais pour retrouver ce temps ! Le biberon que je tenais à la portée de sa bouche, ses doigts sur ma main. Plus de trente ans ont passé. J'ai dormi cette nuit tout à côté de la chambre qu'il partage avec sa femme. Étendu tant bien que mal sur un divan trop petit pour moi, j'ai connu une nuit plutôt reposante. Pas de cauchemars.

Je les entends chuchoter. Peut-être parlent-ils de moi. Contrairement à ce que j'avais prévu, je suis passé par Rennes avant de rentrer à Paris. Tous les jours depuis le départ de Marc, j'ai téléphoné à Montréal. J'ai finalement eu Marie-Andrée au bout du fil. D'abord étonnée, elle a laissé tomber les obstacles. Elle s'est aperçue de mon désarroi. Pourtant je m'étais juré de ne chercher à l'attendrir en aucune façon. Je n'aime pas les geignards. Au bout de quelques minutes de conversation, nous nous parlions comme si la séparation n'avait pas eu lieu. Je serais tout simplement en voyage. Je lui ai demandé la permission de rappeler. Elle me l'a accordée après une courte hésitation.

Hier, je lui ai écrit une longue lettre dans laquelle je la remerciais d'avoir vécu avec moi pendant toutes ces années. J'ai banni tout lyrisme. Je n'ai pas évoqué l'éventuelle réconciliation. Elle décidera. Je n'avais pas le droit d'insister sur l'impossibilité où je serai dorénavant de vivre dans un appartement qu'elle n'habite plus. Au lieu de cela, j'ai rappelé quelques souvenirs communs. Comme je rentre dans une semaine, elle ne pourra me répondre.

Isabelle apparaît dans l'embrasure. Elle a déjà revêtu ses jeans. Elle me regarde en souriant, me demande si j'ai réussi à dormir. J'aime Isabelle.

— Pas trop de vin hier soir ? Je n'aurais peut-être pas dû commander la dernière bouteille.

Elle proteste d'un geste comique.

— C'est pour le scientifique que c'est grave. Moi, vous savez, je pourrai dormir tout l'après-midi si ça me chante. Et vous ?

Je réponds que j'ai mal à la tête, mais qu'après le petit déjeuner tout rentrera dans l'ordre.

— Où est Marc ?

— Il a décidé de paresser un peu.

Elle a à peine prononcé les derniers mots qu'il apparaît en pyjama, les cheveux ébouriffés. Il n'a vraiment pas l'air très en forme.

— Salut. On mange où ce soir ?

Il accompagne ses paroles d'une grimace. De toute manière, il sait que je prends le TGV en début d'après-midi. Je le regarde avec l'intensité d'un amoureux à l'approche d'une séparation qu'il appréhende. Dans quel état quitterai-je Rennes ? Rennes dont je ne connais qu'un restaurant italien plutôt quelconque. Marc habite à quelques kilomètres du centre-ville. Abandonner une fois de plus ce fils qui m'est tout. Renouer avec Paris ne me dit rien qui vaille. Bien sûr, j'y passerai les cinq jours prévus. Je marcherai dans les rues du quartier Latin comme si j'arpentais mon passé. Rien d'autre n'est à ma portée.

— Tu n'as pas à me reconduire à la gare. Le taxi, je n'ai rien contre.

— Mais le taxi, c'est d'un compliqué, fait Isabelle. Il faut réserver la veille. Puis, il n'en est pas question. Nous ne sommes pas allés à la gare depuis longtemps. Ça nous fera une sortie.

Elle embrasse Marc sur la joue. Mon fils est toujours amoureux. Une fois de plus, je pense qu'elle pourrait être enceinte. Je deviendrais grand-père. Cette éventualité me plaît. J'ai toujours apprécié la présence des enfants. Rien pourtant me dit qu'Isabelle soit enceinte. Hier, elle a émis quelques réserves au sujet de la maison qu'ils habitent. J'ai senti chez Marc un certain agacement. J'en ai été inquiet. Comme si mon fils ne devait jamais connaître les tracasseries coutumières de la vie à deux.

— Vous avez été chics de m'accueillir.

J'allais ajouter « en pareilles circonstances », mais je me retiens à temps. Ne jamais se donner en spectacle. Surtout devant Isabelle. Pourtant, je sais qu'elle sait. Elle n'aura eu qu'à me regarder avec un peu d'attention. Au restaurant, quand elle nous parlait de ses cours de piano, j'ai été tellement distrait que Marc a dû me pousser du coude. Nous nous sommes mis à rire, mais je m'en voulais de mon inattention. Tu n'es pas là, me reprochait sans arrêt Danielle. Mais où étais-je ?

— Vous pouvez revenir quand bon vous semblera, lance Isabelle.

— Il faudra quand même que je travaille un peu. Déjà six semaines que je suis en vacances. Je ne suis pas un salarié comme Marc.

— Tu écris même des livres.

— J'en écrivais.

— Mais qu'est-ce que tu racontes ? Tu viens de publier.

— Je griffonne bien toujours un peu.

Surtout pour ne pas m'apercevoir que la vie passe. J'approche de plus en plus rapidement de ma fin. Je me sens glisser vers la mort de façon inexorable. Que ce soit le sort commun ne me console pas. Comme si ma vie n'avait été qu'une longue suite de moments heureux. Il est vrai qu'avec Danielle, puis avec Marie-Andrée, j'ai eu plus que ma part de joie, que j'ai été un père comblé.

— Nous vous lisons en tout cas, dit Isabelle en souriant. Vous savez que Marc se fait envoyer *Le Devoir* ?

— Il veut vérifier si je suis toujours en vie.

La réplique n'est pas brillante, je le concède volontiers, mais je ne veux pas qu'on s'aperçoive de ma tristesse. Ces enfants ont droit à la sérénité. Tant mieux si les nuages ne viennent jamais. Pourtant, j'ajoute :

— Quand je serai mort, que ferez-vous de ma bibliothèque ? N'ayez crainte, j'ai déjà fait un tri rigoureux. Pour ne pas vous encombrer. Rien n'a moins de valeur que les livres.

Marc m'interrompt :

— Tu sais que je n'aime pas que tu parles de ta mort.

Habituellement, il blague, en rajoute. Je ne lui ai pas dit que Marie-Andrée m'a laissé un peu d'espoir. Nous ferons peut-être un autre bout de chemin. Nous serons un couple émouvant.

— À quelle heure, ton train ? demande Marc en rangeant la vaisselle du petit déjeuner.

NOTE

Le Père, *Le Fils*, *Le Moment venu* et *Naissances*
ont été publiés dans trois numéros distincts d'un
collectif intitulé *l'Atelier imaginaire*, sous l'égide des
Éditions de l'Âge d'Homme, à Lausanne. *On a tiré
le store*, *Tu ne me dis jamais que je suis belle* et
Un cinéphile d'occasion ont d'abord paru dans la
revue XYZ. *Après-midi d'hiver* fait partie d'un recueil
de nouvelles écrites par des auteurs québécois et
argentins publié par les Éditions Sans Nom sous le
titre de *Rencontres/Encuentros*. *Amour maternel*
provient d'un recueil écrit par dix écrivains
québécois et intitulé *Fuites et Poursuites* (Quinze).
Toutes les autres nouvelles sont inédites.

TABLE DES MATIÈRES

TU NE ME DIS JAMAIS QUE JE SUIS BELLE

Madeleine Ferron, *Adrienne*
Madeleine Ferron, *Le Grand Théâtre*
Madeleine Ferron, *Un singulier amour*
Gilberto Flores Patiño, *Esteban*
Roger Fournier, *Chair Satan*
Lise Gauvin, *Fugitives*
Michel Goeldlin, *Juliette crucifiée*
François Gravel, *Benito*
François Gravel, *Bonheur fou*
François Gravel, *L'Effet Summerhill*
François Gravel, *La Note de passage*
Hans-Jürgen Greif, *Berbera*
Louis Hémon, *Maria Chapdelaine*
David Homel, *Orages électriques*
Suzanne Jacob, *Les Aventures de Pomme Douly*
Marie Laberge, *Juillet*
Marie Laberge, *Quelques Adieux*
Micheline La France, *Le Talent d'Achille*
Robert Lalonde, *Le Fou du père*
Raymonde Lamothe, *N'eût été cet été nu*
Monique Larouche-Thibault, *Amorosa*
Monique Larouche-Thibault, *Quelle douleur!*
Mona Latif Ghattas, *Le Double Conte de l'exil*
Mona Latif Ghattas, *Les Voix du jour et de la nuit*
Nicole Lavigne, *Un train pour Vancouver*
Hélène Le Beau, *Adieu Agnès*
Hélène Le Beau, *La Chute du corps*
Louis Lefebvre, *Guanahani*
Michèle Mailhot, *Béatrice vue d'en bas*
Michèle Mailhot, *Le Passé composé*
André Major, *Histoires de déserteurs*
Alberto Manguel, *La Porte d'ivoire*
Marco Polo, *Le Nouveau Livre des Merveilles*
Gilles Marcotte, *La Vie réelle*

Pierre Turgeon, *Le Bateau d'Hitler*
Serge Viau, *Baie des Anges*
Claude-Emmanuelle Yance, *Alchimie de la douleur*
Robert Walshe, *L'Œuvre du Gallois*

Typographie et mise en pages :
Les Éditions du Boréal

Achevé d'imprimer en mars 1994
sur les presses des Ateliers graphiques Marc Veilleux,
Cap Saint-Ignace, Québec